小磨诗坊

丛书主编 王兆鹏

张诗瑞

友谊

长江出版传媒 崇文书局

知交情谊沉谷乡

序

王兆鹏

《小磨诗坊》特点在“小”。

小主题。常见诗歌分类选本，多以大主题分，如山水诗选、咏物诗选之类。本丛书是按小主题来梳理切分，一种景物分作一题，一种情感归为一类，聚集呈现。一册在手，可以窥知不同时代、不同作者、不同诗体对同一主题的表现。欣赏者可藉此比较领悟同一主题的不同风格韵致，创作者可揣摩学习同一景物情感的不同表现方式与写作路径。

小规模。每本10万字。可以燃香烹茶，正襟危坐地细细品读，也可以在茶余饭后的碎片化时间里快速浏览。一种主题的流行变化和N种风情，很快就能了然于心。

小作者。丛书的作者基本都是刚入行的名校硕士、博士，属“才露尖尖角”的“小荷”。虽然算不上名家高手，却充溢着青春才子才女们的朝气、才气、灵气，文笔灵动，话语鲜活，有学理性而无学究气。

《小磨诗坊》特色是“精”。

选目精粹。每书所选诗篇词什，都是在广搜博览的基础上几经汰选而成。切合主题的名篇佳作方能入选。故所选作品，多为百里挑一的精品。

赏析精到。作品鉴赏，既不同于传统的一板正经，如教科书般条分缕析，学术性强而可读性弱；也区别于新潮的天马行空，文笔虽妙，却不着边际，有可读性而无学术性。本丛书坚守学术本位，充分发挥每位作者的灵心慧性，将个体的生活经验、艺术感悟与迁想妙得有机融合，入乎其内又出乎其外，诗心诗境诗法诗艺，拿捏得精准到位。

制作精良。作者团队精心结撰，编辑团队也是细心打磨。如同小作坊制作工艺品，字斟句酌，刮垢磨光，力图打造一部部精品。然能否成为精品，有待高明读者的评鉴印可。

前言

张诗瑞

春秋战国时期，儒家将人际关系归于五类——君臣、父子、夫妇、长幼、朋友，即传统的“五伦”。人甫一落地，便有血脉之亲，与父母兄弟是天然的同盟。及至长成，实现理想抱负须得明晓君臣之义。而追求心仪的对象，缔结夫妻关系又形成了一个新的循环。在人的一生中，朋友关系大约只处于伦常最末。朋友间，可亲可疏，可聚可分，既不必将感情投射到一人身上，也没有强制的联系，因而友情看似比亲情、爱情要轻薄得多。但谁能无友呢？“友”的古体字形是两只手挨在一起，就像是两个人的相处。人与其他人的交往、结识都可看作是交友的一部分。说到底，友谊无非就是人和人双向交互形成的社会关系，交情足够深厚，朋友亦如手足。

友谊虽起于微末，依赖于双方的互动和时时维护，但又是如此的不离不弃、历久弥新。伯牙子期高山流水遇知音，因为懂得彼此的琴音就能成为知己。“生我者父母，知我者鲍子也”，不管贫贱富贵，管仲和鲍叔牙的友谊坚定不移。“卒相与欢，为刎颈之交”，国家大义在先，品性高贵随后，廉颇和蔺相如当得王佐之股肱。刘关张桃园结义，不求同年同月同日生，只愿同年同月同日死。朋友，既然能够“士为知己者死”，那么就应该不仅仅是“同门曰朋，同志曰友”。最珍贵的友谊莫过于有人认可你，和你志同道合，且始终在你身后，给予你支持和鼓励，此份情谊，只能同样用满腔真情回报。

最美的文字不过诗篇。当这些友谊化作诗词，我们细读友谊诗，便可从中发现熠熠闪光的人性美和人情美。本书选取百余首关于友谊的经典古诗词，无不是大浪淘沙后的精华，或送别，或咏怀，或劝诫，都展现了世人对友情的渴慕。“故人西辞黄鹤楼，烟花三月下扬州”“劝君更尽一杯酒，西出阳关无故人”，因为别离，才知友谊的可贵，朋友一旦离去，便好似失去了臂膀般，无人相助，无人相知。“浮云一别后，流水十年间”“故人入我梦，明我长相忆”，友人离去了啊，没有了那位相知相得的人在身边，孤单寂寞之情挥之不去，怎不教我日夜思念？“一生大笑能几回，斗酒相逢须醉倒”“正是江南好风景，落花时节又逢君”，但恰因离别，相逢才会那么喜悦。人生四大喜之一，“他乡遇故知”，能在人生旅途中遇到昔年旧交，感激涕零不足以表其意。

一个好朋友，胜过一百个泛泛之交。对于如何交友识人，先贤也有自己的回答：“结交莫结轻薄儿”，因为“薄交易结还易离”；“君子之交淡若水”，因为“君子淡以亲，小人甘以绝”；“结交在相知，骨肉何必亲。甘言无忠实，世薄多苏秦”，要互相了解啊，且不能被花言巧语迷了双眼，因为“择交如求师”，择友是能够影响人一辈子的事。

我们从古人的智慧中汲取养分，再三回顾那些能直击人心的语句。“桃花潭水深千尺，不及汪伦送我情”，诗人将那一刻的触动凝结为诗词，跨越了时间和空间，送到我们面前。古今同为一心，美好永不褪色。读友谊诗词，就是在历史长河中去探访友谊的模样，借古人之交好，寻交友之真谛，捕捉一位知我心者。

本册选取先秦至清代众多名家名篇，力图“野无遗贤”，希望能让读者一览古人交往之美。不同的年代有不同的风貌，诗人的情感态度和价值观也不同，凡有本事可考的诗词，都简述了历史背景，方便读者结合背景资料来了解诗词之由来和时代特色。我以今人的视角鉴赏点评，融诗和词于一册，围绕着友谊这个大主题，试图还原昔日古人谈笑鸿儒、往来风流之盛景。每首诗词下都有我自己对该篇的解读，我感动于中国千年翰藻墨香、求友弦歌不绝，也想要把这份感动传达给读者。谨以此书奉献，望读至会心处，心有戚戚。

目录

诗

词

小磨诗坊·友谊

诗

诗经·小雅·伐木

先秦·佚名

伐木丁丁，鸟鸣嘤嘤。出自幽谷，迁于乔木。
嘤其鸣矣，求其友声。相彼鸟矣，犹求友声。
矧伊人矣，不求友生。神之听之，终和且平。
伐木许许，酾酒有藇。既有肥羜，以速诸父。
宁适不来？微我弗顾。于粲洒扫，陈馈八簋。
既有肥牡，以速诸舅。宁适不来？微我有咎。
伐木于阪，酾酒有衍。笾豆有践，兄弟无远。
民之失德，干糇以愆。有酒湑我，无酒酤我。
坎坎鼓我，蹲蹲舞我。迨我暇矣，饮此湑矣。

|辑 评|

［汉］佚名《毛诗序》：“《伐木》，燕朋友故旧也。至天子至于庶人，未有不须友以成者。亲亲以睦，友贤不弃，不遗故旧，则民德归厚矣。”

［清］黄中松《诗疑辨证》：“细玩此诗，专言友声之不可求，求字乃一篇大主脑。”

赏读

《伐木》是《诗经》中难得的单以友谊为主题的诗篇，诗的作者及创作年代已不可考，今推测是宣王初立之时，宗室大臣为安抚人心、强调亲友情谊所做。周厉王不听“防民之口，甚于防川”的劝谏，穷奢极欲，道路以目，终于导致民怨沸腾，国人暴动起义。方时社会动荡、道德败坏、人心离散、亲友不睦，宣王即位之初，为了匡扶礼乐、顺应民心，故在诗中表达了急切地呼吁友爱他人、君王须求得贤良辅佐的思想感情。

全诗六章，每章六句，分为三段。一章言朋友，二章言亲戚，三章言兄弟。诗开篇以鸟与鸟的相求比喻人与人的相友，“伐木”是兴，“鸟鸣”是比；以“鸟鸣”比朋友，以“伐木”兴“鸟鸣”也。后又描述了主人置办筵席的隆重和开宴后宾客饮酒歌舞的热闹场面，但其中却有朋友未至，即反映了现实中人心的疏离，诗人批评这种为了一口干粮而失了美德的现象，要求亲友之间能相互信任、和睦相处，最终达到政通人和的大境界。

《伐木》求友之诗，以“求”字为要。今所谓“嘤鸣”，代指寻求志同道合的朋友，亦可用于求贤。吾等求友若此，而上位者更需亲贤远佞，治国使百姓亲若友朋、和睦团结，以德治民，则天下之民斯至焉。故说《伐木》求友之外，亦“自是天子之诗”。

诗经·卫风·木瓜

先秦·佚名

投我以木瓜，报之以琼琚。
匪报也，永以为好也！
投我以木桃，报之以琼瑶。
匪报也，永以为好也！
投我以木李，报之以琼玖。
匪报也，永以为好也！

| 辑 评 |

[汉] 郑玄《毛诗笺》："匪，非也。我非敢以琼琚为报木瓜之惠，欲令齐长以为玩好，结己国之恩也。"

[清] 牛运震《诗志》："惠有大于木瓜者，却以木瓜为言，是降一格衬托法；琼瑶足以报矣，却说匪报，是进一层翻剥法。"

赏读

《卫风·木瓜》这篇，有人说是一首爱情诗，也有人说是一首赠答诗，它既可以用来表述男女之情，也可以单纯来赞美人与人交往的深情厚谊。关于此诗主旨历来有很多说法，据张树波《国风集说》统计，文学史上把它归纳为“赞美齐桓公说”“爱情说”“友情说”“忠君说”“卫人报齐说”“讽刺送礼行贿说”“礼尚往来说”等七种说法，其中前三者占据主流地位。“赞美齐桓公说”和“卫人报齐说”指的是卫国狄人战败后受恩于齐桓公，作《木瓜》颂扬该事。朱熹提出“爱情说”，清代姚际恒《诗经通论》则引申出朋友相赠答之说。今一般将此诗定义为爱情诗，但其他说法也可加入理解。

全诗三段回环往复，读起来朗朗上口，具有很强的音乐性，仿佛歌唱一般。我们似乎可以想象出歌者在深情款款地对爱人（友人）诉说情谊。“木瓜”“木桃”“木李”都是果实，“琼琚”“琼瑶”“琼玖”皆美玉名，你送给我新鲜的果实，我回赠以美丽的玉石，而人与人之间的感情也在你来我往中渐渐加深了。从《卫风·木瓜》中，我们看到了中国传统人际交往之美。

别诗四首 其一

汉·佚名

骨肉缘枝叶，结交亦相因。
四海皆兄弟，谁为行路人。
况我连枝树，与子同一身。
昔为鸳和鸯，今为参与辰。
昔者常相近，邈若胡与秦。
惟念当乖离，恩情日以新。
鹿鸣思野草，可以喻嘉宾。
我有一尊酒，欲以赠远人。
愿子留斟酌，慰此平生亲。

| 辑 评 |

[清] 李光地《榕村语录》:"'骨肉缘枝叶，结交亦相因'二句，便足蔽诗之义。言骨肉固同根共命，即结交之友，亦非无因，天下大矣，何独这几人该做朋友？盖或意气相投，或德业相劝，即唐虞之五臣，周之十乱，孔子之七十二弟子，皆是有因者。"

赏读

《别诗四首》，旧名《苏武诗四首》，然内容基本上不涉及苏武之事，仅据此推知诗作时间为汉代，并不影响诗作鉴赏。今人谈及《别诗四首》，以其三流传最广，常有绝句："结发为夫妻，恩爱两不疑""生当复来归，死当长相思"等。本诗真诚哀切，表述兄弟骨肉之情，似近而远，读来淡而味甘，令人不禁抚膺长叹。

本诗叙述亲朋好友送别之事，可分为三部分。前三句一组，先阐述兄弟朋友的亲密无间，《论语·颜渊》有云："君子敬而无失，与人恭而有礼，四海之内皆兄弟也！"身为君子，心怀坦荡，正道直行，则天下之人皆为兄弟，而兄弟之间又好比树枝与树叶，同气连枝，则息息相关、密不可分。中间三句以对比的方式展现出因分离而不断加深的对亲朋的思念。最后三句写临行饯别，引用"鹿鸣"之典，《诗经·小雅·鹿鸣》："呦呦鹿鸣，食野之苹。我有嘉宾，鼓瑟吹笙"，即借喻设筵饯别。"我有一尊酒，欲以赠远人"更是写出了主人公以酒饯行的深厚感情。以杯酒相邀、相赠，又一再留饮，千言万语似尽在这一杯酒中。诗人以浅显直白的语言描绘出亲情和友情的厚重，这种情感仿若手足之切，不可或缺。

古诗

汉·佚名

采葵莫伤根，伤根葵不生。
结交莫羞贫，羞贫友不成。
甘瓜抱苦蒂，美枣生荆棘。
利傍有倚刀，贪人还自贼。

|辑 评|

[梁]萧统《锦带书十二月启·无射九月》："既深伐木之声，更问采葵之咏。"

[唐]骆宾王《初秋于窦六郎宅宴得风字》："六郎道合采葵，啸悬鹑而契赏。诸君情谐伐木，仰登龙以缔欢。"

赏读

古人对友谊的歌颂往往遵循儒家传统道德价值观，如歌颂友谊之可贵、坚贞，或是赞美与朋友之乐及别后相思之类，然而出自《古诗源·古诗》的这首“采葵”反其道而行，立意新颖。诗人通过对比论证表达出矛盾统一的价值观，让人惊叹在距今两千多年前先贤们所拥有的哲学思辨思想。诗人以此诗表达其择友观，“结交莫羞贫，羞贫友不成”是全诗的中心观点，比“贫贱之交不可忘”更接近交友的根本原则，后世也将“采葵”意象引申为不耻与贫贱者为友。

本诗以“采葵”起兴，借采摘冬葵引出交友的道理。诗人认为，结交朋友的时候最重要的是真心实意，如果过分在乎朋友间的贫富差距，就会像伤及植物的根部影响植物生长一样对友谊造成创伤。后两句描述的是事物的双重性，好和坏总是相伴而生，友谊也是如此。世上从来不会有完美无缺的友谊，结交朋友就要接受朋友的不足，斤斤计较是难以获得真正的友情的。本诗语言古朴自然，且融汇了诗人的哲思，如歌唱一般将处世方法娓娓道来，虽时隔两千年，但弦歌不绝，教诲难忘。

咏怀 其六十九

魏晋·阮籍（210—263）

人知结交易，交友诚独难。
险路多疑惑，明珠未可干。
彼求飨太牢，我欲并一餐。
损益生怨毒，咄咄复何言。

|辑评|

［唐］李善《文选注》：“嗣宗身仕乱朝，常恐罹谤遇祸，因兹发咏，故每有忧生之嗟。虽志在刺讥，而文多隐避，百代之下，难以情测。”

［宋］严羽《沧浪诗话》：“黄初以后，惟阮籍《咏怀》之作，极为高古，有建安风骨。”

赏读

曹魏后期政局混乱，司马懿父子擅权，大肆诛杀异己。阮籍不满于司马氏的统治，又想保全自己，只能沉湎纵酒且故作放达之态。《咏怀》八十二首是阮籍的代表作，也是历史上第一次出现政治抒情组诗。这组诗并非集中于一时，而是贯穿了阮籍人生，凡有政治感慨,即录于此。《咏怀》多充斥着苦闷、凄怆的情绪，常写时光飞逝、人生无常。本篇选取第六十九首，为抒发当时社会世风日下，咏叹交友不易之作。

本篇借交友一事表明世道混乱，诗人宁愿孤身一人，也不与小人为伍。和人结交是多么的容易啊，只要认识就可以了。但交到朋友又是那么的困难，因为这世上值得结交的人太少了。明珠取“美人赠我貂襜褕，何以报之明月珠”之意，“美人为君子，珍宝为仁义”，这世道既无君子，也无仁义，故诗人不愿在此交友。“太牢”意为牛,《礼记》“天子社稷皆太牢”，其他人为肉食熙熙攘攘，诗人却箪食瓢饮。即使如此，身边的小人还会因为一点损益盈虚而嫉妒我，阮籍也不欲与之争辩。孔子曰:“益者三友，损者三友。友直，友谅，友多闻，益矣。友便辟，友善柔，友便佞，损矣。”阮籍幽愤世道找不到益友，也不愿结交损友，说是友谊诗，不如说是讥刺诗。

何当行

魏晋 · 傅玄（217—278）

同声自相应，同心自相知。
外合不由中，虽固终必离。
管鲍不世出，结交安可为。

| 辑 评 |

［梁］刘勰《文心雕龙》：“傅玄篇章，义多规镜；长虞笔奏，世执刚中；并桢干之实才，非群华之韡萼也。”

［清］陈祚明《采菽堂古诗选》：“音节激扬，古质健劲。”

赏读

傅玄闻名一时，以乐府诗成就最高，独树一帜。《晋书·傅玄传》云："撰论经国九流及三史故事，评断得失，各为区例，名为《傅子》，并《文集》百余卷，行于世。"时人评价《傅子》文辞流丽，足可以与《杨子》《墨子》《孙子》《孟子》齐名。

傅玄诗宛转轻巧，语简情深，并不拘泥于诗歌体式，随兴而至，出口成章。寥寥六句，便可道尽其意。傅玄认为友谊必须要心意相通，貌合神离不是真正的友情。朋友应当能够理解你，也能认同你的所作所为。诗人向往管鲍之交，"生我者父母，知我者鲍子也"。"管鲍"古来比喻相知最深、交谊最厚的朋友。鲍叔牙对管仲的友情贫贱不移，富贵不淫，能设身处地地体会到朋友的处境，并给予帮助。其子傅咸作《感别赋》也说："悦朋友之攸摄，慕管鲍之遐踪"，朋友是能对你有益，给你助力的人。结尾诗人笔锋一转，然而像管鲍那样的交谊并不是每代都有啊，我怎么能放心地去结交他人呢？傅玄以此说明结交须慎重，即使鲍叔牙寻不到管仲，也有辨人之才，当知可为与不可为。

拟古 其一

晋·陶渊明（365？—427）

荣荣窗下兰，密密堂前柳。
初与君别时，不谓行当久。
出门万里客，中道逢嘉友。
未言心相醉，不在接杯酒。
兰枯柳亦衰，遂令此言负。
多谢诸少年，相知不中厚。
意气倾人命，离隔复何有？

辑评

[宋]汤汉《陶诗注》："业已成树，而时代迁革，不复可骋，然生斯时矣，奚所归悔耶？"

[清]沈德潜《古诗源》："欲言难言，陶公诗根本节目全在此种。"

赏读

陶渊明，字元亮，号五柳先生，入刘宋后改名潜。陶渊明是魏晋南北朝时期最重要的诗人之一，田园诗派创始人，且被称为“古今隐逸诗人之宗”，其诗风质朴自然、飘逸冲淡，苏轼谓其诗“初视若散缓，熟读有奇趣”，元好问赞其“一语天然万古新，豪华落尽见真淳”，今读陶诗，淡而实厚、近而实远，真千秋之诗也！

窗下的兰花繁盛啊，堂前的柳树织成荫翳，昔日与君分别，你说不久再见，但你一去不复返，又结交了新的朋友。和你在一起推杯换盏的不是我啊，你与他人相谈甚欢。兰草会枯萎，柳树会凋零，你放弃了我们曾经的约定。谨以此告诫世间的少年，你遇上的朋友未必忠厚，你重视情谊，他却将你抛弃。

本篇借友人负约不归之事，感慨世风日下、人心不古，既讽刺了社会中薄情寡义、中道变节的人，也暗喻了此时的朝代更替。诗人对故国之心一如既往，但当政者却如负约的友人般背弃了誓言，改弦易辙，陶渊明满腔悲愤难以直言，只能托诗以寄怆。“拟古之作，或拟其声，或拟其意，或声意并拟”，渊明拟古，拟其幽深厚重。

杂诗 其一

晋·陶渊明（365？—427）

人生无根蒂，飘如陌上尘。
分散逐风转，此已非常身。
落地为兄弟，何必骨肉亲。
得欢当作乐，斗酒聚比邻。
盛年不重来，一日难再晨。
及时当勉励，岁月不待人。

| 辑 评 |

[明] 黄文焕《陶诗析义》：“（《杂诗》）十二首中愁叹万端，第八首专叹贫困，余则慨叹老大，屡复不休，悲愤等于《楚辞》。”

赏读

据《杂诗》十二首其六有“奈何五十年，忽已亲此事”语，推知此组诗当作于陶渊明五十岁，时值晋安帝义熙十年（414），陶渊明归田八年。陶渊明晚年诗作已趋大成，抒情与言志并举，精巧与直率共盛。

全诗可分为两部分，前两句述人生之悲，后四句言处世之愿。陶诗一向善于把丰沛的感情收为片语，将哲理凝入字句，既有古韵悠长，又有新巧迭出。首句将人生比做细小、琐屑的尘埃，永远都飘忽不定。人如尘埃般，因命不由己，只得随风飘转，且在这漂泊中，被风沙磨去了棱角，变得更细小、更琐屑，最终失去初心，浑浑噩噩地度过的人生是可悲的。

陶渊明向命运呐喊，不愿失去光泽、沦为泥土，所以要在有限的生命里活出自我。四海之内皆兄弟也，所以吾道不孤。如果恰逢风华正茂、朝阳初升，为什么不把握时光，将快乐填充进生活呢？花开堪折直须折，莫待无花空折枝！没有什么是比年轻更好的了，年轻就意味着还有无限的可能。没有什么是比志同道合更让人羡慕的了，德不孤，必有邻，携手共进能奋斗出更好的未来。陶渊明以悲衬乐，正是因为经历了太多，对人生认识太过深刻，才会越发觉得时光可贵、欢乐难得。陶渊明在风霜刀剑相逼中，仍执着地向往着友爱、和平的理想世界，这种对希望的不懈追逐，震撼人心。

赠范晔诗

南北朝·陆凯（？—504？）

折花逢驿使，寄与陇头人。
江南无所有，聊赠一枝春。

|辑 评|

[清] 戴锡纶《寄梅驿》：“一枝春可当人情，投赠南州艳此清。妙是不登供帐例，香风千古被征行。”

赏读

《荆州记》曰，陆凯与范晔交善，自江南寄梅花一枝，诣长安与晔，故有此诗。陆凯，字智君，陆俟之孙，《魏书》卷四十有传。陆智君“在枢要十余年，以忠厚见称”，“虽统军众，手不释书”，当称儒将矣。本诗作于陆凯率兵南征过梅岭时。行军路中，陆凯偶登梅岭，正值梅花怒放，见此烂漫春景，不禁想起了尚在陇头的好友范晔，又恰逢驿使返京，便折梅一枝，托人以赠友人，望在北方的朋友能同赏此春景，深情厚谊，溢于言表。

我处江南，思君江北。在南方啊，我提前见到了春光，不知北地此时是否尚是白雪纷飞？挚友啊，你是否也与我一样欣喜着春天的到来？我置身于花海，心中遗憾的是如此美景却不能与你共赏。折下花枝，托驿使传书一封，期盼你能提前感受春意，当我回归，来年我们共度的春天想必会更加美好。

此诗最为高妙处在“一枝春”。“一枝春”咏梅，为咏梅诗之滥觞，它运用借代的手法，将报春之花代以江南春天的来临，仿佛让人看到了“江花红胜火，江水绿如蓝”的江南胜景。折梅寄友，将诗人的殷殷思念和美好祝福凝聚在一枝小小的梅花上；千里传书，距离也阻隔不了诗人和朋友之间的心有灵犀。从诗句中，扑面而来的是诗人灵慧而生动的想象、自然而高洁的志趣和深远而诚挚的情怀。

重别周尚书

南北朝 · 庾信（513—581）

阳关万里道，不见一人归。
惟有河边雁，秋来南向飞。

辑评

［清］沈德潜《古诗源》：“从子山时势地位想之，愈见可悲。”

［清］陈祚明《采菽堂古诗选》：“唐人纵师其意，不若公处其时，情真语自独绝。然有此情者，多不能道此语也。”

| 赏读 |

梁武帝太清二年（548），侯景之乱爆发，庾信逃往江陵，后江陵失陷，梁为西魏所灭，大批江南名士被押送长安。北周代魏后，陈朝与北周通好，允许流寓人士归国，王克、沈炯等首批获遣东归，但王褒、庾信等身居高位者被羁留不得还。庾信与周弘正曾同在梁朝为臣，也一同被俘往北周，周弘正南归时庾信赠诗相送，本篇是其中一首。

庾信诗风洒脱，意蕴旷达，历经萧瑟后风格更是苍凉雄劲，本篇借送别友人归故国来抒写自己不能同去的悲怆。

古来阳关便是边陲要地，今“阳关道”的说法意为一片坦途的大道，而本篇“阳关万里道”是指从长安到金陵这一段，或者说是连接南北的要道。在这么重要的交通要道上，怎么会一位行人都没有呢？庾信送别友人，眼中自然只有友人而不见其他。“不见一人归”，庾信感叹大道宽且广，独我不得还的孤单悲凉。后句“河边雁”的意象，也是一语双关，既可以指此时归国的周弘正，也可以指年年南来北往的大雁。大雁不似诗人被困异国，能自由来去，而徒有文名的庾信此时也不由得羡慕起区区一飞禽。庾信送别周尚书是在春天，本篇却添加了秋之意象，将情景渲染得更为凄凉萧索。若能得归故国，庾信宁弃一切追随友人而去，故国乡思，尽在诗中。

送杜少府之任蜀州

唐·王勃（650？—676？）

城阙辅三秦，风烟望五津。
与君离别意，同是宦游人。
海内存知己，天涯若比邻。
无为在歧路，儿女共沾巾。

|辑 评|

[明]陆时雍《唐诗镜》："此是高调，读之不觉其高，以气厚故。"

俞陛云《诗境浅说》："一气贯注，如娓娓清谈，极行云流水之妙。大凡作律诗，忌支节横断，唐人律诗，无不气脉流通。此诗尤显。作七律亦然。"

赏读

今人说诗，必推唐诗，而率先拉开了这个绚烂朝代帷幕的，则不得不提到“初唐四杰”。《旧唐书》说：“（杨）炯与王勃、卢照邻、骆宾王以文诗齐名，海内称为王杨卢骆，亦号为四杰。”陆时雍《诗镜总论》提出“王勃高华，杨炯雄厚，照邻清藻，宾王坦易”，他们可以说是引导了整个时代的风向，而作为初唐四杰之首的王勃，其诗文“兴象宛然，气骨苍然”，才力无愧唐人开山祖也。

本篇写王勃在长安为友人杜姓少府赴任蜀州而送行，临别赠言，情真意切。

此诗开篇大气苍凉，从古时三秦之地说起，到如今以长江隔离的蜀地，描画出送别之地的风貌。后句又写因“宦游”的身不由己而不得不分别，气势略为收束，似乎将要抒发离别的哀思，然而后两句笔势又陡然升起，一反送别诗常有的思远人、惊离别的孤单凄切，而是满含着希望、祝福和充沛的自信。如果我们的友谊真的坚定，那么就不会被距离所阻，只要想到天下间还存在着那么一位知心人儿，我的心就会跨越时间和空间来到你身边，王勃的友情观是“海内存知己，天涯若比邻”，非大胸襟大气魄者不能作此语。

全篇语势一唱三叹、跌宕起伏，古有以气驭文之说，故今不见王勃对仗严整、用词考究、立意新颖，但见疏朗阔达之意滔滔扑面而来。

送刘少府游越州

唐·骆宾王（640？—684？）

一丘余枕石，三越尔怀铅。
离亭分鹤盖，别岸指龙川。
露下蝉声断，寒来雁影连。
如何沟水上，凄断听离弦。

| 辑 评 |

[明] 何景明《明月篇序》:“音节往往可歌。”

[明] 胡应麟《补〈唐书〉骆侍御传》:“大节高风，瑰材卓行，词华冠代，学业超群。……伟哉器量无双，讵曰文章寡二！”

赏读

骆宾王，字观光，“初唐四杰”中著述最丰者。著名檄文《为徐敬业讨武曌檄》即出自其手，《新唐书》记载武后阅其檄文感叹“宰相安得失此人”之逸事。擅七言歌行，有《帝京篇》引为绝唱，词采富艳而气质清绝。《旧唐书》谓其“少善属文，尤妙于五言诗”，今读骆宾王诗，觉音韵铿锵，舒缓而有情致。

胡震亨《唐音癸签》曾言骆宾王“富有才情，兼深组织”，本篇更是令人感叹其在遣词造句方面的功力。“一丘”对“三越”，“离亭”对“别岸”，“露下”对“寒来”，“蝉声”对“雁影”，工整而雅致。在五言律诗的初发阶段，骆宾王此诗平仄声调协调，律体形式成熟，四声流转，如按管弦。每句自成一景，互不干扰而又缠绵粘黏。开篇暗示人将分离，二句直言送别场景，三句写别后环境，四句想象思念之磨人。从有到无，虚虚实实，于不同角度展露了对友人将要离开的不舍。抒情夹杂着叙事，将送别友人的前后因果一一道出，画面跃然纸上，仿若身临其境，感人肺腑。

送乔随州侃

唐·沈佺期（656？—714）

结交三十载，同游一万里。
情为契阔生，心由别离死。
拜恩前后人，从宦差池起。
今尔归汉东，明珠报知己。

|辑 评|

郑振铎：“于沉痛郁结之中，不失其流丽疏放之体。”

赏读

沈佺期是继“初唐四杰”之后的著名诗人，与宋之问齐名，并称“沈宋”，他们二人皆擅长近体格律诗，是律诗的奠基人之一。沈佺期因其宫廷诗人的身份，尤擅写应制诗，精密靡丽，音韵婉和。本篇写沈佺期送别友人乔侃。

乔侃，乔知之之弟，开元初为兖州都督。从“结交三十载，同游一万里”，可看出二人友谊在时间和空间上的沉淀。《诗经·邶风·击鼓》云：“死生契阔，与子成说。执子之手，与子偕老。”战友相约要一同老去，不离不弃。乔侃曾在军中任职，故沈佺期借《诗经》契阔之典来形容自己和乔侃的生死之交，在离别的时候，心才会如死去般痛苦。下句再说自己和友人入官以来的经历，但不料有前后差池。沈佺期将乔侃比作一颗明珠，古有明珠暗投，《史记·邹阳列传》记载“明月之珠，夜光之璧，以暗投人于道路”，就是说有小人作祟导致名士没有得到重视。乔侃就是这样一位名士，沈佺期感叹圣上被人蒙蔽，导致人才流落，自己只能以知己之情来报答这颗明珠。本篇结构严谨、精巧，叙事因诗人身份而含蓄委婉，情谊却悠长厚重。

送东莱王学士无竞

唐·陈子昂（661？—702？）

宝剑千金买，平生未许人。
怀君万里别，持赠结交亲。
孤松宜晚岁，众木爱芳春。
已矣将何道，无令白首新。

| 辑 评 |

［明］程元初《唐诗绪笺》："子昂送以此诗，剑以喻其坚刚，松以喻其贞操，众人竞趋艳阳，独卓立寒苦，今虽谪去，尤当及时有为，愿望之情何其谆切，而惜贤之意深矣。徐用吾曰：刊落铅华，远去六朝。"

赏 读

武后垂拱二年（686），西域局势紧张，安西危急，王无竞与陈子昂随乔知之北征，陈子昂有诗《度峡口山赠乔补阙知之王二无竞》记述他们共同的出塞经历。王无竞“气豪纵，下笔成章”，陈子昂“奇杰过人，姿状岳立。始以豪侠子驰侠使气”，二人可谓意气相投。本篇作于陈子昂为挚友王无竞送行赠剑之时。

赠剑友人，一说宝物千金之重，情谊更甚黄金；一说以剑暗喻建功立业，意图鼓励友人毋失信心，振作精神。陈子昂向王无竞赠剑应在出塞之后，大漠黄沙，金戈铁马，二人的交情始于同袍，便赠剑以表明男儿友谊无坚不摧。王无竞因性格耿直而被打压，陈子昂后两联安慰友人切毋因此消沉。友人应当为孤松，“岁寒然后知松柏之后凋也”。他人不过是草木，只能在春天争艳罢了。若你一蹶不振，便不是我认识的那位骨气铮铮、英气勃发的知己了，所以还有什么好忧愁的呢？是金子，总会发光。陈子昂赞美友人不与权贵同流合污的高尚情操，将“天行健，君子以自强不息”与友人共勉。

送韦城李少府

唐·张九龄（678—740）

送客南昌尉，离亭西候春。
野花看欲尽，林鸟听犹新。
别酒青门路，归轩白马津。
相知无远近，万里尚为邻。

| 辑 评 |

［明］胡震亨《唐音癸签》："结体简贵，选言清冷，如玉磬含风，晶盘盛露，故当于尘外置赏。"

［清］管世铭《读雪山房唐诗序例》："襟情高迈，有遗世独立之意。"

赏读

唐代以科举取士，同一榜进士被称作同年交，及第后新进士们被授予官职，分配至基层做起，故送友人“之任”就成为常见题材。友人将踏上仕途，此处的分别往往充满着美好的祝愿和期许，因而显得生机勃勃。与低迷忧伤的离别诗不同，这一类作品中饱含着对友人的鼓励之情。

梅福羽化而登仙，后人以神仙尉作为县尉的美称，这里以神仙尉代指李少府，就是赞美友人李少府品格高贵、性情放达，如同神仙中人。诗人在长安离亭送行，“春”字在这里既可言明时维春季，也可说触目万物皆春，正是百废待兴、大有可为之时。领联以友人视角写赴任途中所见，一路上鸟语花香，暗喻友人春风得意马蹄疾。颈联一转，再从张九龄本身出发，写在城门外摆酒送行，依依不舍地看着友人车马驶向韦城方向。尾句“相知无远近，万里尚为邻”与王勃送别千古名句“海内存知己，天涯若比邻”几乎同义，都是突破了时间和空间，形容友谊的坚定。但细嚼起来，不得不说王诗更胜一筹。“海内”和“天涯”比起“无远近”“万里”，在距离上显得更为阔大，读罢令人豪放之情顿生，而本诗则稍显压抑，豪迈不足，盖因与友人惜别，留恋之味较浓。

留别王侍御维

唐·孟浩然（689—740）

寂寂竟何待，朝朝空自归。
欲寻芳草去，惜与故人违。
当路谁相假，知音世所稀。
只应守寂寞，还掩故园扉。

| 辑 评 |

[宋] 刘辰翁《王孟诗评》:“个中人，个中语，看着便不同。末意更悲。”

[清] 吴煊《唐贤三昧集笺注》:“三、四醇茂，胎息汉人。”

[清]沈德潜《唐诗别裁》:“客中无聊之况（‘寂寂’句下）。”

赏读

孟浩然青年时尚有兼济之志，然仕途不顺，屡遭挫折，进士落榜后，返还襄阳，以隐士终身。

我独守着寂寞有什么用呢，每天出门都空手而归。本打算就这样归隐山林，却又害怕从此与故人分别。位高权重者不包容我呀，世上难得一知音。像我这般的寒士只应该固守寂寞，闭门独居。

落第后，昔日在周围殷勤奉承的人都纷纷离去，让孟浩然体验了一把何为人情冷暖。整个社会的苛刻逼迫得自己不得不放弃原本的志向，落魄还乡。孟浩然求仕，也曾希望学成文武艺，货与帝王家，但事与愿违，没有人认可自己，又投诉无门。在给王维的这首诗中充斥着一股怀才不遇的抱怨之气。在孟浩然看来，王维似乎不属于知音的范畴，因为他说“知音世所稀”，就是感叹知音难寻。孟浩然结识王维时，王维已高居尚书右丞，且王维比孟浩然年轻近十余岁，二者相处时难免有些不自然。尽管如此，二人仍成了朋友，他们一样地热爱着大自然，一样地具有名士气节，他们之间的关系大抵是名士间的彼此认同吧。

过故人庄

唐·孟浩然（689—740）

故人具鸡黍，邀我至田家。
绿树村边合，青山郭外斜。
开轩面场圃，把酒话桑麻。
待到重阳日，还来就菊花。

|辑评|

[元]方回《瀛奎律髓》："此诗句句自然，无刻划之迹。"

[清]沈德潜《唐诗别裁》："通体清妙。末句'就'字作意，而归于自然。"

[清]黄生《唐诗摘钞》："全首俱以信口道出，笔尖几不着点墨。浅之至而深，淡之至而浓，老之至而眉。火候至此，并烹炼之迹俱化矣。王、孟并称，意尝不满于孟。若此作，吾何间然？结句系孟对故人语，觉一片真率款曲之意溢于言外。"

赏读

孟浩然继陶渊明之后，开盛唐山水田园诗风，他笔下多描写田园、山水、隐逸等题材，追求清淡自然的美感。《过故人庄》记叙的是孟浩然拜访一户农家，饮酒作客的一幕，全诗充斥着浓浓的生活气息和自然情趣。

孟浩然的山水田园诗初看平淡，细细品味却可以感受到其中的热闹喧哗和人与人之间真挚的情谊，特别是和陶渊明诗比较后，孟诗总是多了一股人情味儿。“故人具鸡黍，邀我至田家”，渊明有“漉我新熟酒，只鸡招近局”，一个是被邀请，另一个是呼朋唤友地来作客。友人已经做好了饭才来邀请我，从“邀”字就可以看出诗人和友人之间熟稔的态度，比自己精心置办宴会要随意的多。“绿树村边合，青山郭外斜”，渊明有“孟夏草木长，绕屋树扶疏”，一个是远景，一个是近景，孟诗重旷达，而渊明诗颇有生气。“开轩面场圃，把酒话桑麻”，渊明有“相见无杂言，但道桑麻长”，孟浩然讨论农事好似文人故作农人语，带着跃跃欲试的好奇，而陶渊明是自己执杖而耘耔，颇有老农口气。尾句也是孟浩然诗中最精彩的一句，以“就”字衬重阳节的菊花，包括了赏菊、饮菊花酒等重阳习俗，与友人共乐，淳朴得意，较之陶渊明浊酒且自陶更贴近人心。

洗然弟竹亭

唐・孟浩然（689—740）

吾与二三子，平生结交深。
俱怀鸿鹄志，昔有鹡鸰心。
逸气假毫翰，清风在竹林。
达是酒中趣，琴上偶然音。

|辑 评|

［明］胡震亨《唐音癸签・吟谱》：“孟浩然诗祖建安，宗渊明，冲淡中有壮逸之气。”

［唐］杜甫《解闷十二首》：“复忆襄阳孟浩然，清诗句句尽堪传。”

赏 读

入长安以前，孟浩然“昼夜常自强，词赋颇亦工”，就如每一位寒窗苦读的书生般，为科举考试而做准备。唐代以词章取士，孟浩然“为学三十载，闭门江汉阴”，因其不断积累，不断雕琢词句，才有了后来匠心独妙的孟山人。落榜还乡后，孟浩然看清了官场的黑暗，毅然“拂衣从此去，高步蹑华嵩”。此后，孟浩然走向江海，走向山林，孕养了“骨貌淑清，风神散朗”的气质，开盛唐山水田园风气。

本篇竹亭述志，志向中头角峥嵘，说明此诗作于孟浩然青年时。诗人和兄弟们在孟洗然家的竹亭游乐，写诗以畅述兄弟友爱和少年人的豪情壮志。

孟浩然将自己和兄弟们比作竹林七贤，竹林七贤本就是“集于竹林之下的名士”，今孟浩然等人在竹林中清谈、饮酒、佯狂，肆意欢宴，鸿儒谈笑，何尝不能是盛唐的竹林贤者呢？孟浩然向往着成为魏晋名士那样的人，风流潇洒、清俊通脱，也有这个自信，胸襟才学不输前人。竹林是清幽、隐逸的，但清幽不等于清寂，而是代表作者超然脱俗的品格，隐逸不等于避世，而是“达则兼济天下，穷则独善其身”的取向。诗人心怀天下，坦然承认有“鸿鹄志”，并愿一飞冲天。平日里也乐山乐水，养其浩然之气。此诗兼具山水之秀美、文士之风骨、济世之宏愿和精神之昂扬，可为少年之鉴。

送魏万之京

唐·李颀（690？—751？）

朝闻游子唱离歌，昨夜微霜初渡河。
鸿雁不堪愁里听，云山况是客中过。
关城树色催寒近，御苑砧声向晚多。
莫见长安行乐处，空令岁月易蹉跎。

| 辑 评 |

［元］杨士弘《批点唐音》："此篇起语平平，接句便新，初联优柔，次联奇拔，结蕴可兴，含蓄不露，最为佳作。"

［明］邢昉《唐风定》："高华俊亮，与摩诘各成一调。"

赏读

王屋山人魏万，又名魏颢，上元初进士。唐朝曾有两个上元年号，分别位于高宗年间（674 年 8 月—676 年 11 月）和肃宗年间（760 年闰 4 月—761 年 9 月）。据魏万曾寻访李白足迹，在广陵遇李白，得评价“爱文好古，浪迹方外”之事，知魏万应活动于玄宗、肃宗年间。李颀为唐玄宗开元二十三年进士，推知其年岁应比魏万长一辈。魏万初入京，李颀为其送行，以长者口吻嘱托幼者毋忘向学。

开篇抒发离情别意。早上起来才得知你昨晚便已离开，看着地上凝结的白霜便知昨晚寒意森森，是否你不忍年迈的我起身为你送行，所以就默默地离去了呢？游子啊，总是难见鸿雁、云山，见之便触发乡愁。你一路西去，是否适应得了北方的凛冬？长安越近，便越可见识到昔日万户捣衣声的旧都，那是你所不能想象的繁华。希望你能不失本心，一心向学，须知年华易逝，青春难复。前三联关于离情的铺垫都是为了衬托最后一联的教诲，李颀以自身经验为训，希望魏万不要重复自己走过的坎坷，既以长辈的身份，又托朋友的情谊，情深意长地重复着“少壮不努力，老大徒伤悲”的道理。莫等闲，白了少年头，空悲切。

芙蓉楼送辛渐

唐·王昌龄（698—756）

寒雨连江夜入吴，平明送客楚山孤。
洛阳亲友如相问，一片冰心在玉壶。

|辑 评|

［明］陆时雍《唐诗镜》：“炼格最高。‘孤’字时作一语。后二句别有深情。”

［清］宋顾乐《唐人万首绝句选评》：“唐人多送别妙作，少伯诸送别诗，俱情极深，味极永，调极高，悠然不尽，使人无限留连。”

赏读

唐玄宗天宝元年（742），王昌龄从岭南被赦回洛阳，改授江宁丞。恰逢好友辛渐将于润州渡江，北上洛阳，王昌龄陪着朋友从江宁到润州，在芙蓉楼分手。芙蓉楼，又名西北楼，在润州西北，登临可以俯瞰长江，王昌龄就在芙蓉楼上，望着朋友远去，满怀对友人离去的不舍，和独自留在偏远之地的孤寂愤懑之情。

从地理学的角度上，常常有雨不过江的说法，但王昌龄描绘的秋雨自北播撒而来，把北方的寒气带入了江南。江南江北一片萧瑟，而在这萧森中又添离愁。送走了友人我就如那楚山，壁立千仞，无可依托。如果有人在洛阳仍惦念着我，请你告诉那些昔日的故交，我始终如一、不改初心，内外澄澈、不染尘埃。“楚山”形容诗人的孤介傲岸，而诗人自比“冰心”“玉壶”，是借冰、玉之冰清玉洁的形象，展露自己澄澈清透、高志不屈的取向，既回应了友人对自己的思念，表示自己思念不改，也托辛渐之口，告诉众人，哪怕被派去江宁，自己也会立志廉洁、克己奉公。

王昌龄诗缜密而思清，讲究构思，立意工巧。陆时雍评价王昌龄之绝句是“难中之难”，锤炼语句是一难，而要锤炼成毫无雕琢痕迹更是一难，以送别述志，言情造极，尽在句外。

同从弟南斋玩月忆山阴崔少府

唐・王昌龄（698—756）

高卧南斋时，开帷月初吐。
清辉澹水木，演漾在窗户。
冉冉几盈虚，澄澄变今古。
美人清江畔，是夜越吟苦。
千里共如何，微风吹兰杜。

| 辑 评 |

[清] 沈德潜《唐诗别裁》：“高人对月时，每有盈虚今古之感。”

[清] 王闿运《王闿运手批唐诗选》：“着墨不多，自觉深远。”

赏读

王昌龄和堂弟在书房赏月时想起了时任山阴县尉的好友崔国辅，借月以作诗怀之。

诗人悠闲地侧躺在书房的榻上，拉开帷幕便看到了月亮。月色如水，清光映照在池塘和树梢上，反射出来的光线在窗户上不断地荡漾。光阴荏苒，月阴晴又圆缺，但不论世间几度变换，月光都是一样的澄澈明亮。朋友，今夜你在清江河畔，忧伤地吟颂诗句。诗人与朋友相隔千里，却共赏这一轮明月。微风徐来，吹进芳草的香气。

古人咏月，多半是叙述月色之美。望月怀人，也多是以月为景。王昌龄此诗别出心裁，将月从三个方面进行描述，层层递进，层层不同。吟咏月亮的形态还属新瓶装旧酒，而将咏月拉长到咏人事变迁，引发出关于人生哲理的思考，便是王昌龄诗的新妙之处了。由玩月而生发时光易逝、人事多变的感慨令诗人不由自主地想起了朋友。要珍惜时光，珍惜友情啊！王昌龄作“千里共如何，微风吹兰杜”，这份月下咏叹可谓古今同心,谢庄作“隔千里兮共明月”,张九龄作“海上生明月，天涯共此时”，杜牧作“唯应待明月，千里与君同”，更何况还有千古名句“但愿人长久，千里共婵娟”。一轮明月，便可道尽思念之情。

渭城曲

唐·王维（701—761）

渭城朝雨浥轻尘，客舍青青柳色新。
劝君更尽一杯酒，西出阳关无故人。

|辑 评|

[元] 释圆至《笺注唐贤绝句三体诗法》："首句藏行尘，次句藏折柳。两面皆画出，妙不露骨。"

[明] 李东阳《麓堂诗话》："王摩诘'阳关无故人'之句，盛唐以前所未道。此辞一出，一时传诵不足，至为三叠歌之。后之咏别者，千言万语，殆不能出其意之外。"

[清] 徐增《而庵说唐诗》："人皆知此诗后二句妙，而不知亏煞前二句提顿得好。此诗之妙只是一个真，真则能动人。后维偶于路旁，闻人唱诗，为之落泪。"

赏读

安史之乱后，唐王朝凋敝，西面吐蕃、北方突厥频频来犯。《资治通鉴》载，唐肃宗至德元年（756），征河西、安西兵赴行，至德二年（757），陇右、河西、安西、西域之兵皆会。王维友人亦在西征之列，友人临行前，王维去道别，在渭城作《渭城曲》。《渭城曲》，另题作《送元二使安西》，或《阳关曲》，或《阳关三叠》。

王维善乐，尤擅琵琶，所作诗文也讲求音乐之美。《渭城曲》以曲为名，即是能配乐演唱，后编入乐府，更名《阳关曲》《阳关三叠》。王维以诗作离筵送别曲，本身就带有演唱的特质，读出来，仿若一首歌谣，音韵回环，一唱三叹，朗朗上口。李商隐说“红绽樱桃含白雪，断肠声里唱阳关”，阳关一唱，可堪断肠。

王维在渭城送行征人，渭城已地近西北，黄土地的风沙吹进城内，扬起飞尘，所以一场春雨才显得那么可贵，它冲刷干净了灰尘，让这个泥墙砖瓦的城市鲜妍明媚起来，语调轻快而富有活力。而下片陡转，河西走廊之西的阳关，是内地出西域的要道，过了阳关便是西域，而友人呐，我只能送你到此，你与我挥手作别，独自向西去。过了阳关，就再看不到青青的柳色；过了阳关，就再听不到乡音，就再逢不到故人；再不知何日是归期。再多喝一杯，多留一会儿吧，这一杯酒中，满溢着离愁和相思。

山中送别

唐·王维（701—761）

山中相送罢，日暮掩柴扉。
春草明年绿，王孙归不归。

|辑 评|

[宋] 刘辰翁《王孟诗评》：“占今断肠，理不在多。”

[明] 李沂《唐诗援》：“语似平淡，却有无限感慨，藏而不露。”

[清] 吴煊《唐贤三昧集笺注》：“此种断以不说尽为妙。结得有多少妙味。”

赏读

本篇语言平淡甘缓，既无起伏，也无愁语，似乎难见情谊，但读后神思却不由自主地随着离人飞去，自己好似成了那位痴痴等着友人归来的诗人，独自在山中憔悴守望。言有尽而意无穷者，莫过于此，惜别之情，自在话外。

本篇于平白中见新巧，与通常的描写执手相望泪眼的送别场景不同，既不说送谁、怎么送、送了多久，也不说分别时的离愁别绪或寂寞萧索，而是描绘了一幅从山中归来的画面。从外回到家，晚上关上门，这不过是诗人每天都会经历的平凡的一幕，但从诗人口中说来，却多了一股因友人离去独自一人的孤独之意。

辞别友人，诗人独自归家，残阳瑟瑟，清风吹起了诗人的单衫，显得背影更加的落魄销魂，回身关门的这个动作更是将落日余晖隔在了门外，门内则黯然一片。下片跳转了时间，“春草明年绿，王孙归不归”问的是明年春天能否相见。《楚辞·招隐士》有“王孙游兮不归，春草生兮萋萋”，王孙淹留深山不归来，春草如丝，离恨刬尽还生。愿你不要像那王孙，被外面的美景迷了眼，休向他处栖迟，休教友人空等。

赠汪伦

唐·李白（701—762）

李白乘舟将欲行，忽闻岸上踏歌声。
桃花潭水深千尺，不及汪伦送我情。

| 辑 评 |

[明] 高棅《批点唐诗正声》："好句好意，放之又放，达之又达。只'桃花'之情，千载无人可到，何云非诗之清者耶？"

[清] 沈德潜《唐诗别裁》："若说汪伦之情比于潭水千尺，便是凡语，妙境只在一转换间。"

赏读

唐玄宗天宝十四年（755），李白自秋浦往泾县。汪伦为泾川豪士，听得李白将要来此，特修书一封，邀李白来桃花潭游玩。桃花和酒店切中了李白那颗好美景美酒的心。李白欣然前往，汪伦才笑着揭晓谜底：“‘桃花’是一潭水的名字，并无桃花，而‘万家酒店’得名自店主姓万。”汪伦的风趣幽默引得李白大笑，二人同游桃花潭，待分别之时，李白作绝句一首，留别汪伦。

本篇语言朴素自然，毫无雕琢，直将主客姓名入诗。然而在作古诗时是十分忌讳将真人姓名写入诗中的，因为会显得过于径直而有损诗味，即使借用人名，也多是化用他字。李白开篇直接带入自己姓名，尾句又直言汪伦送我，语从至情出发，组词信手拈来，非但不粗俗,反而衬托出诗人坦率真挚的性情。后句“桃花潭水深千尺，不及汪伦送我情”写的是离别分手的场景，诗人别出心裁，将汪伦的情谊比作潭水千尺，特别是“桃花潭水”，便有无尽的曲折婉丽之致。将虚拟的情感实体化，是古典诗词中的一种高明技巧，如此便能让读者触到离愁、嗅到相思，把无形化为有形，极尽抒情之能事。

黄鹤楼送孟浩然之广陵

唐·李白（701—762）

故人西辞黄鹤楼，烟花三月下扬州，
孤帆远影碧空尽，唯见长江天际流。

|辑 评|

[清] 清高宗敕编《唐宋诗醇》:“语近情遥，有‘手挥五弦，目送飞鸿’之妙。”

[明] 周珽《唐诗选脉会通评林》:“陈继儒曰:‘送别诗之祖，情意悠渺，可想不可说。’”

赏读

唐玄宗开元十三年（725），李白自四川沿长江东下，沿路游赏各地名胜，途经襄阳时，特别去拜访了隐居在鹿门山中的孟浩然。二人切磋文字，又性情相投，很快结成了挚友。开元十八年（730）春，李白得知孟浩然要去广陵，便在黄鹤楼设宴为其送行。

俗话说得好："伤离别，喜相逢。"离别总是令人忧伤的，因为要和亲爱的朋友分开，难免有不舍，但在本篇中，虽然也弥漫着一股淡淡的因送别挚友而起的怅惘，却不全是压抑，李白将送行之事写得清丽明快、舒阔爽朗，情深而不滞，意永而不悲。阳春三月，莺飞草长，万物勃发，李白送孟浩然这位一见如"故"之人选在了江南风景名胜黄鹤楼。良辰美景不可辜负，更兼友人将去往的是香飘金屑、处处歌吹的名都扬州呢？李白写"烟花三月"，将扬州春季繁花似锦，烟雨迷蒙的风光渲染得淋漓尽致。一个"下"字，不仅刻画出孟浩然乘船走水路的顺畅，也暗示友人欲一览扬州胜景的迫不及待。结尾两句写送别之实景，李白在岸头目送搭载着友人的帆船远去，一直看到帆影消失在天际。帆影虽孤单，但周遭有万里长空，碧空如洗，滚滚长江，滔滔不绝。李白以阔大之景抒豁达之意：祝福你，我的朋友，我心如这江水与你同在。愿你有一个更好的前程，愿你独拥江南的春光，愿你永无彷徨，带着我的友谊，一路顺风。

送友人

唐·李白（701—762）

青山横北郭，白水绕东城。
此地一为别，孤蓬万里征。
浮云游子意，落日故人情。
挥手自兹去，萧萧班马鸣。

|辑 评|

[明]朱谏《李诗选注》："句法清新，出于天授。唐人之为短律，率多雕琢，白自脑中流出，不求巧而自巧，非唐人所能及也。"

[明]施重光《唐诗近体》："每句整齐。结得洒脱，悠然不尽。"

赏读

诗有四声八病、平仄格律之说，自古诗发展以来，它的体式规范也越来越严谨，仿佛枷锁一般，套在诗人们的头上。若是能戴着镣铐起舞，那便是高明的诗者了。浪漫主义诗词的代表人物李白以其放达不羁、豪纵浑脱的诗风脱颖而出。李诗最大的特点就是不拘于格律，兴之所来，挥毫泼墨，任意驰骋才气以表达胸中起伏多变的强烈感情。但这并不意味着李白不会写律诗，这首《送友人》当称律诗中的经典之作，对仗工整、流畅自然，描情绘景，情深意切。

城墙之北横卧着青山，城所之东流淌着河水，我们在此地分别，从此以后，你就像那蓬草飞旋，一去万里。游子啊，你四方漂泊，就像那浮云飘飞无定。“青山”对“白水”，“北郭”对“东城”，描绘出城郊开阔而苍凉的画面。“一”对“万”，此地一别，难再相见。“浮云游子”对“落日故人”，既是景，也是情。将行未行，抬头看见浮云落日，知晓时间不早，友人该尽快上路，却又满怀不舍，担忧友人如浮云无所归依，希望友人如落日留恋缓下。前三句都是诗人难舍之情，尾句陡转，友人匆匆离去。挥了挥手就赶快驾马西行，因为怕叫人看见自己脸上的泪水。马啼声怎会萧萧，大抵是声嘶力竭，肠断泣血之音。

送李少府贬峡中王少府贬长沙

唐·高适（704？—765？）

嗟君此别意何如，驻马衔杯问谪居。
巫峡啼猿数行泪，衡阳归雁几封书。
青枫江上秋帆远，白帝城边古木疏。
圣代即今多雨露，暂时分手莫踌躇。

|辑 评|

[明] 周珽《唐诗选脉会通评林》：“周珽曰：‘脉理计线错落，自不知所内来。’周敬曰：‘造联天然巧制，结撰相慰情真。’”

[清] 高步瀛《唐宋诗举要》：“吴汝纶曰：起得丰神，又曰，分疏有色泽敷佐，便不枯寂。又曰，意思沉着。又曰，一气舒卷，复极高华朗曜，盛唐诗极盛之作。”

赏读

这首送别诗的奇妙处就在于它描写了诗人同时送别两位友人，且这两位友人还将去往不同的方向，李少府贬峡中，王少府贬长沙，一诗赠二，极考验笔力。高适作为一名著名的边塞诗人，诗中自有边塞的雄健奔放，将送别诗也写得大气磅礴、积极向上。本篇将送别写作一件壮美丰神之事，坚信分离不过是一时的，大家终会相聚，继续为国尽忠。

本片最为得意处在颔联和颈联，一句写李，一句写王，然后再一句写王、再一句写李。从“巫峡”一词可以看出这是在峡中，故这句是说李少府之所见。“巴东三峡巫峡长，猿啼三声泪沾裳”，以巫峡猿啼开启思乡之愁。后一句从“衡阳”可看出这是在长沙，衡阳有回雁峰，北雁南飞至此不过，所以乡书难传。诗人担忧王少府到了长沙后不通音信，因此特意嘱咐要多多传来消息。青枫江指在长沙与湘江交汇的浏水，王少府过青枫江入长沙城。白帝城在三峡出夔州之口，李少府可去凭吊古迹。四个地名，恰好切中潭峡事，工确中又含别思。且运用了互文的技巧，让前后两句能相互勾连，结构严密，感情交织。高适一诗同赠二人，既有为友人贬去偏远之地的担忧，又有对国家公平取士的信心，在分别之际，劝藉二人任上尽职，早日当还。

别董大二首 其一

唐·高适（704？—765？）

千里黄云白日曛，北风吹雁雪纷纷。
莫愁前路无知己，天下谁人不识君。

|辑 评|

［明］叶羲昂《唐诗直解》：“慷慨悲壮。落句太直。”

［明］唐汝询《唐诗解》：“云有将雪之色，雁起离群之思，于此分别，殆难为情，故以莫愁慰之。言君才易知，所如必有合者。”

赏读

唐玄宗天宝六年（747）春，吏部尚书房琯被贬出朝，其门客董庭兰一并离开洛阳。董庭兰是开元、天宝时期的著名琴师，除七弦琴外，还善吹龟兹筚篥，技艺吸取众家之长，“周游四方，闻有解者，必往求之”。董庭兰交游广泛，高适也与其交好。董庭兰出洛阳后，是年冬，高适与董庭兰会于睢阳，分别时高适作《别董大》二首。

初冬黄昏之夕，高适与董庭兰分别，因身处旷野，所以才能见千里黄云。黄云漫天，压的太阳毫无光彩，下句一转，说是“雪纷纷”，因为快下雪了，黄云才会如此的厚重。北风呼呼地吹呀，还未南飞的大雁慌乱地想赶上前行的队伍。这样一幅场景，虽是送别，却有北地“瀚海阑干百丈冰，纷纷暮雪下辕门”之辽阔畅达。情景描写粗犷中又不乏细致的雕琢，“曛”字足以道出压抑的气氛。“莫愁前路无知己，天下谁人不识君”，这句话应该已经不用赏析，没有一句送别诗能够说得如此铿锵有力，卓绝而振奋人心。景色的晦暗不过是因为高适和董庭兰恰好处于人生的低谷，但诗人坚信才华不会被掩盖，是金子总会放出光彩。本诗既是赠别友人，也是对彼此的激励，能作此语者，必有一飞冲天之日。

贫交行

唐·杜甫（712—770）

翻手作云覆手雨，纷纷轻薄何须数。
君不见管鲍贫时交，此道今人弃如土。

|辑 评|

[明] 唐元竑《杜诗攟》：“只四句，浓至悲慨已极，诗正不贵多。”

[明] 王嗣奭《杜臆》：“作行止此四句，语短而恨长，亦唐人所绝少者。”

赏读

唐玄宗天宝十一年（752），杜甫在长安应试不第，又向皇帝献赋，向贵人投赠，皆无所得，过着“到处潜悲辛”的生活，最后才得了一个右卫率府胄曹参军的小官。此时杜甫尚在壮年，心中自有意气，诞生了大量批评时政、讽刺权贵的诗篇。《贫交行》即是诗人饱谙世态炎凉、人情反复，痛斥人心易变、重利轻义，愤懑至极而作。

“翻云覆雨”这个成语就是出自杜甫此篇。翻手是云，反手是雨，比喻反复无常或玩弄权术。今人常常误解为位高权重有手段的人，虽说是误解，可是安在杜甫诗中却也解释得通。那些翻云覆雨的人既可以指反复无常、见利忘义的小人，也可以指身处高位却不作为，虚伪势利的官僚。良才被打压得无法出头，周围也尽是一些汲汲营营、见风使舵的小人，杜甫不仅为自己不平，还因这个社会的不公而悲愤。鲍叔牙结交管仲于微末，对待管仲始终如一，贫富不移，可是今人已经抛弃了这种美德，长此以往，国将不国。杜甫诗以沉郁顿挫著称，可本篇一气呵成，慷慨不可止，寥寥数语，尽千古世态。

客至

唐·杜甫（712—770）

舍南舍北皆春水，但见群鸥日日来。
花径不曾缘客扫，蓬门今始为君开。
盘飧市远无兼味，樽酒家贫只旧醅。
肯与邻翁相对饮，隔篱呼取尽余杯。

|辑 评|

［明］陆时雍《唐诗镜》：“村朴趣，村朴语。”

［清］查慎行《初白庵诗评》：“自始至末，蝉联不断，七律得此，有掉臂游行之乐。”

赏读

唐肃宗上元二年（761）春天，杜甫结束了长期漂泊的生涯，在成都西郊浣花溪头建了一所茅屋，称“成都草堂”。久经离乱的诗人难得找回了宁静的生活，草堂落成后，有客来访，杜甫欣然接待之。在诗中，我们可以读出诗人此刻恬淡满足的心境和与友相聚的快乐之情。

杜甫因躲避安史之乱携家带口地辗转入蜀来到成都，好不容易安定下来后，杜甫自然格外珍惜这难得的和平生活。因多年的漂泊而囊箧耗尽，虽说周围景致优美，也掩不过杜甫草堂就是一个偏远的茅屋罢了。草堂附近山环水绕，所以人烟稀少，每日只有群鸥相伴。庭院花木扶疏，既然不是用来展览的，自然也不用细心地打理。好久没有人来拜访了，所以杜甫得知友人要来做客时，才会格外地兴奋，迫不及待地把门打开，倚门等待客人。后两句描写的是与友人饮宴的场景，在酒桌上惭愧地说着没有好酒好菜招待，希望客人不要嫌弃，喝到尽兴处，大声地邀请邻居家的老翁一起来助兴，将席间的气氛推向高潮。

杜甫以极其传神的笔法，描绘了一幕完整的宴客场景，有景有情，热闹喧哗之声扑面而来。经历过离乱，才知道有时候热热闹闹的家长里短也是一种幸福。

江南逢李龟年

唐·杜甫（712—770）

岐王宅里寻常见，崔九堂前几度闻。
正是江南好风景，落花时节又逢君。

|辑 评|

［清］何焯《义门读书记》：“四句浑浑说去，而世运之盛衰，年华之迟暮，两人之流落，俱在言表。”

［清］杨伦《杜诗镜铨》：“邵云：子美七绝，此为压卷。”

赏读

唐代宗大历五年（770），安史之乱的阴影仍未完全散去，杜甫漂泊到江南一带，遇上了同样辗转无定的宫廷歌唱家李龟年，昔年结识是在岐王李隆范和中书监崔涤等王公贵族的筵席上，再度重逢，却皆是满面风霜、颠沛流离。

杜甫在江南风景最好的暮春时节遇见友人，却物不是，人亦非。杜甫和李龟年时隔四十年再度相遇，杜甫已不是昔年文坛中初露峥嵘的后起之秀，李龟年也不再是岐王宅、崔九堂前人人追捧的明星贵客。时光难再逐，盛衰变化，命运无常，如今的他们——杜甫穷困潦倒，垂垂老矣，李龟年沦落街头，两鬓斑斑，前句和后句间隔了一整个开元盛世！杜甫以极平淡之语叙事，道出的却是乱世人颠沛流离的悲愤与不甘。都是“江南好风景”呀，我和你偶然在春日里久别重逢，昨日恍如旧梦，现实风霜如刀，此刻相见，千言万语无从说起，皆于“又逢君”中，蕴无穷辛酸泪。

杜诗情极悲婉，而今人断章取义，尾句常被用来表述良辰美景遇佳人，春光正好，春花烂漫，春风十里不如有缘相聚，意境也是甚好。

暮秋扬子江寄孟浩然

唐·刘昚虚（714？—767？）

木叶纷纷下，东南日烟霜。
林山相晚暮，天海空青苍。
暝色况复久，秋声亦何长。
孤舟兼微月，独夜仍越乡。
寒笛对京口，故人在襄阳。
咏思劳今夕，江汉遥相望。

|辑 评|

[明] 邢昉《唐风定》："起语结撰奇隽，一篇景色鲜新。"

[清] 吴瑞荣《唐诗笺要》："态度轻盈，如芙蓉着剑，宜乎东南高唱，无出其右。"

赏读

古来咏秋之最高调私以为无愧屈原《九歌·湘夫人》:“袅袅兮秋风，洞庭波兮木叶下。”其次推为曹丕的《燕歌行》:“秋风萧瑟天气凉，草木摇落露为霜”。秋风起，天气凉，木叶落，古人咏秋之美，从来都是通过以物喻物。物哀伤情，物我同悲，秋天恰是个适宜伤怀的季节，每逢秋，宜怀故友。

本诗开篇写景，木叶纷纷而下便道出了秋色寂寥，随后说明诗人自己身处江南一带，秋季多雾障，特别是江边潮气湿重，白居易的“住进湓江地低湿，黄芦苦竹绕宅生”便是东南景色。刘眘虚流落不偶，居处偏僻，每天只有林山相伴，抬头看见苍茫的天空，更觉孤单，所以才感慨“暝色况复久，秋声亦何长”。下句再写景，诗人在江边吹笛，看到月下孤舟，不禁思念起远方的朋友来。此时刘眘虚在长江下游京口，孟浩然在长江上游襄阳，这可真堪是“日日思君不见君，共饮长江水”了。诗人写自己思念友人，友人异地也在思念自己，特别是在暮秋时节，更易触发乡愁和忧思，两地同感，一分悲秋。本诗写景和抒情交织错落，层层递进，转接无痕，秋色动人，秋思更深。

逢入京使

唐·岑参（715？—770）

故园东望路漫漫，双袖龙钟泪不干。
马上相逢无纸笔，凭君传语报平安。

|辑 评|

［明］唐汝询《唐诗解》：“叙事真切，自是客中绝唱。”
［清］沈德潜《唐诗别裁》：“人人胸臆中语，却成绝唱。”

赏读

本诗既可以说是亲情诗，也可以说是友谊诗，岑参想要表达的中心思想应该是思念，至于写诗的对象，应因时而异。唐玄宗天宝三年（744），岑参中进士，授职右内率府兵曹参军。天宝八年（749），改任安西节度使高仙芝幕府掌书记。这是岑参第一次离开内地，远赴西域。“西出阳关无故人”，岑参一路行来，皆是漫漫黄沙和异域风光，心情正郁结百转时，迎面碰上了回京的使者，突然听到乡音，内心激动无可言喻。在这匆匆相逢中，岑参心中纵有千言万语，也只能简单地托人转达平安的口信给洛阳的亲友。

岑参早年贫孤，二十岁左右至洛阳献书求仕未成，三十岁左右中进士，成了一名掌管兵器的小参军。岑参自知在没有家世背景的情况下，很难打拼出一片天地，所以其在三十五岁的当口，想办法调任西域远征兵，欲以军功晋升。这次出塞，是岑参心心念念建功立业的机会，哪怕心中有再多的不舍也毅然决然地踏上了征途。在赶赴西域的路上，“双袖龙钟泪不干”纵然是夸张笔法，也生动形象地突出了诗人思乡之甚。全诗朴素简淡，似信口而成，但读罢此思乡怀人诗，无不觉心有戚戚焉。思乡老调，殊不知人同此心，心同此理。岑参做到了将我心，换你心，把人人心头所想化作文字，纵简短，也缠绵。

凉州馆中与诸判官夜集

唐·岑参（715？—770）

弯弯月出挂城头，城头月出照凉州。
凉州七城十万家，胡人半解弹琵琶。
琵琶一曲肠堪断，风萧萧兮夜漫漫。
河西幕中多故人，故人别来三五春。
花门楼前见秋草，岂能贫贱相看老。
一生大笑能几回，斗酒相逢须醉倒。

| 辑 评 |

［清］王夫之《唐诗评选》：“出落无一字虚设。”

赏读

唐玄宗天宝八年（749），岑参任安西四镇节度使高仙芝幕府书记，暂驻凉州。天宝十三年（754），岑参授安西北庭节度使封常清判官，再度赴北庭。出塞途经凉州时，与河西幕府的故交们饮宴欢聚，宴会上，既有新朋，也有旧友，一派热热闹闹的夜宴胜景。

本诗语言极为俚俗易懂，且化用了许多民歌的技巧，特别是多用顶针的手法，前一句和后一句相互勾连，节奏舒缓，易于咏唱。开篇说月出城头，城头之月，便相似于宋代民谣“月儿弯弯照九州，几家欢乐几家愁”，简净饶舌，极富音韵的美感。而在诗人眼中凉州风貌之甚，不似西域之贫瘠。参差十万人家，夜间还有人在练习弹奏琵琶，西北的风沙没有磨去人民的生活热情。在这样一个洋溢着生机与欢乐的凉州城内，朋友为诗人举行夜宴。岑参时隔三五年后再临凉州，宴会上与友人谈笑风生、纵情饮乐，哪怕马上就要离开，但此时的欢乐和欲建功立业的豪情已盖过了一切。全诗语调欢快，节奏明朗，情感积极，依稀让人窥见大唐盛世气象。

送崔九

唐·裴迪（716—？）

归山深浅去，须尽丘壑美。
莫学武陵人，暂游桃源里。

|辑评|

［清］吴煊《唐贤三昧集笺注》：“古甚，亦极有味，耐人领略。”

赏读

唐玄宗晚期，奸相李林甫擅权，搅得纲纪紊乱、言路堵塞，大量的贤才因受不了政治的迫害而选择归隐，崔九即是其中一位。崔九即崔兴宗，早年与裴迪、王维一同隐居，后出仕为官，因厌恶官场最终选择辞官归隐，裴迪为之送行，作此诗以劝勉。裴迪送别崔九，没有依依惜别，没有愁肠百转，而是以长者的口吻、劝诫的心态劝勉崔九要坚定此刻归隐之心，不要心有不甘而再度复出。

对于当时的政治局面来说，像崔兴宗一类没有后台的官员注定会成为被牺牲的卒子，裴迪直言劝崔兴宗归隐，完全是出于对友人的爱护之心。而王维、裴迪、崔兴宗等山水诗人本身就以热爱大自然、洒脱不羁著称，与其被朝廷压迫、束缚，倒不如放弃一切投身山林，至少在山中有清流激湍、高木修竹、素琴金经，足以自得于心。武陵渔人昔日误入桃花源，却留恋外界，匆匆游览一番便离开，只可惜再也找不到桃花源的入口了。裴迪劝崔兴宗留在桃花源，就是怕友人再度卷入泥潭，难以脱身。本诗动之以情、晓之以理，所言无不是为友人打算，此份情谊，难能可贵。

云阳馆与韩绅宿别

唐·司空曙（720？—790？）

故人江海别，几度隔山川。
乍见翻疑梦，相悲各问年。
孤灯寒照雨，湿竹暗浮烟。
更有明朝恨，离杯惜共传。

|辑 评|

[元]方回《瀛奎律髓》:“三、四一联，乃久别忽逢之绝唱也。”

[明]陆时雍《诗镜总论》:“司空曙‘相悲各问年’，更自应手犀快。风尘阅历，有此苦语。”

赏读

司空曙是一位“磊落有奇才”的诗人，但因“性耿介，不干权要”，所以仕途蹭蹬，久被放逐。长期的贬谪宦游生活让他常作漂泊语，也对一路行来所碰见迁客心存关切，诗多行旅赠别之作，情辞悱恻，哀婉动人。明代凌宏宪曾称誉他的交游诗“情多，所以难得”。

司空曙在陕西云阳县的客舍里意外地碰见了久别多年的好友韩绅，诗人邀请好友晚上来房中饮酒，一叙离情，可更深露重，又相聚匆匆，这酒也只能越喝越愁。久别重逢大多都会有陌生感，犹豫再三才会上去打招呼。故司空曙在遇到韩绅时一时怔愣，乍见之下以为这是梦境，这种恍惚的状态暗喻诗人心中常常思念好友，猛然相见才会有不真实感。“各问年”，可以理解为问过往的否泰，还可以理解为问年岁几何。因为分离太久且老来健忘，诗人拼命回忆着，却仍记不清晰了。只读三四句，虽真情真景，但尚觉清淡。而连起一二句来看，我和你之间隔着数不清的山川江海和一轮又一轮的时光，在时空的磋磨下，我仍记得你的模样，这是何等的情深意长。本诗布局上颠倒了顺序，前半部分写情，后半部分写景，以浓墨开篇，以淡彩收尾，托空意境，读罢令人怅然若失。

贼平后送人北归

唐·司空曙（720？—790？）

世乱同南去，时清独北还。
他乡生白发，旧国见青山。
晓月过残垒，繁星宿故关。
寒禽与衰草，处处伴愁颜。

|辑 评|

［明］徐用吾《唐诗分类绳尺》：“中唐雅调。颔联甚不费力，甚不浅促。观其结句，犹不免有悲伤之意，其与《诗经》‘鸿雁于飞，哀鸣嗷嗷’，同一用意。”

［明］周珽《唐诗选脉会通评林》：“此与‘旧时闻笛泪’一章，悲调自饶神韵，不必深远。”

赏读

唐玄宗天宝十四年（755），安史之乱爆发，唐代宗广德元年（763），历时八年的安史之乱落下帷幕。《新唐书》载司空曙为广平人，广平离安史之乱的源头相距不远，故范阳起兵不久，司空曙便同友人避乱南迁。“贼平后”说明此诗作于广德元年（763）正月后，叛军首领史朝义自缢，唐军已收复失地。

司空曙留在南方不得还的原因尚缺考证，但本诗写他送友人北归，可见他与友人急切地想要回乡的感情应该是一致的。在他乡漂泊的这些年，诗人时时惦念着故乡，当初的南迁不过是权宜之计，不料等天下太平已经过了这么多年。杜甫说“国破山河在，城春草木深”，历经战火的家乡残破不堪，也只有青山没有改变颜色。山河依旧是李唐的天下，但人尽皆知已回不去开元。友人如此急切地赶路，想要早一点到达家乡，可一路走来，故关皆为残垒，心中已有了不祥的预感。过春风十里，尽荠麦青青，昔日繁华之地化为寒禽衰草栖息之所，此情此景，令人痛彻心扉。尽管诗的后半部分是司空曙自己的想象，但国仇家恨丝毫不差。诗人借友人之目，吐忠愤气，拭泪如倾。

谷口书斋寄杨补阙

唐·钱起（722？—780）

泉壑带茅茨，云霞生薜帷。
竹怜新雨后，山爱夕阳时。
闲鹭栖常早，秋花落更迟。
家童扫萝径，昨与故人期。

|辑 评|

［明］钟惺《唐诗归》：“‘家童扫萝径，昨与故人期’说转便深。”

［明］陆时雍《唐诗镜》：“三、四娟娟。二语会趣已深，故其言不烦而至。”

赏读

这是一首新巧有意趣的诗，在大历诗风普遍低沉哀婉、悲凉空明之下，大历十才子之一的钱起能做这样一首甜美、生趣的诗，实在是令人眼前一亮，耳目一新。

读此诗，便会从心底升起一股由衷的快乐。山水是善解人意的，它们恰好上下夹着我的草屋，让我的住所如在画中。云霞是淘气的，它们遮遮掩掩地掩护着薜萝。竹子和山谷是有情绪的，竹子偏爱雨后湿润的空气，而山谷则更喜爱夕阳为它的身躯增色。无所事事的鸥鹭也像个隐士般，日落则息。秋花留恋着枝头，就像孩子留恋母亲不肯离去。如此种种，钱起将周身的一切都赋予了人物的灵动，哪怕身居幽山，身边的山、水、云、雾、竹、鹭、花都热热闹闹，自娱自乐，充满着生活的气息，充分展现出诗人对生活的热爱和富有情趣的生活态度。钱起邀请友人来做客，将自己的住所描写得无比诱人可亲。尾句写自己吩咐僮仆早早地打扫庭院以待客人，又说自己与友人有约在先，暗示朋友切不可负约不至，翘首以待之情，溢于言表。

送夏侯审校书东归

唐·钱起（722？—780）

楚乡飞鸟没，独与碧云还。
破镜催归客，残阳见旧山。
诗成流水上，梦尽落花间。
傥寄相思字，愁人定解颜。

|辑 评|

［唐］高仲武《中兴间气集》：“员外（钱起）诗体格新奇，理致清瞻。”

赏读

钱起送夏侯审告老回乡，不舍故人而作此诗。令人吃惊的是，诗中竟有两个情感主体，一个是友人惜别，一个是思妇盼归。一四联是诗人视角，二三联是女子视角。单独拆分来看，一四联自可成诗，二三联也是同样的道理。两种感情泾渭分明，但综合来看毫不冲突，因为都是对夏侯审的深情厚谊。

屈原《九章·哀郢》有“鸟飞反故乡兮，狐死必首丘”，落叶归根的思想根植在每一个中国人的血脉中。倦鸟归巢，狐死首丘。钱起将夏侯审比做飞鸟，就是说夏侯审自知天命，乞骸骨归乡，终老故地，也意味着此后诗人便难再见友人了。今此一别，虽不是生死相隔，但亦可等诀别视之。后句一转，用了破镜重圆的典故，“佳人失手镜初分，何日团圆再会君”，家中妻子与君分隔已久，今急切地催君速归团圆，诗人的朋友也怀抱着同样急切的心情往回赶，日暮之前便到达了家乡。此后飞鸟还故乡，青山不再空向人。颈联写夏侯审在家乡的悠闲生活，致仕后，不再为案牍所累，纵情山水，自得其乐。钱起也为朋友而高兴着，但高兴的同时，又有一丝的忧愁。此后，会面难期，请你不要忘了我啊！哪怕沉醉于你的退休生活，也请记挂着我这个老朋友，多多写信来告知我你的消息。

寻南溪常道士

唐·刘长卿（726？—786？）

一路经行处，莓苔见履痕。
白云依静渚，春草闭闲门。
过雨看松色，随山到水源。
溪花与禅意，相对亦忘言。

|辑评|

[明]高棅《批点唐诗正声》：“‘春草闭闲门’，绝好绝好。结句空色俱了。”

[明]周珽《唐诗选脉会通评林》：“周敬曰：‘起二句便幽，中联自然，结闲静，有渊明丰骨。’”

赏读

读闲适诗总是那么让人欣喜，不必有过多的深意，也没有佶屈聱牙的字眼，只是读来平白如话，晓畅明亮，能够让人感觉轻松自然便是一首好诗了。《骚坛秘语》谓刘长卿最得骚人之兴，专注情景，虽无甚新奇之句，却足够风雅。刘长卿诗大多承袭大历诗风，冲淡清空，可当细细赏玩。

此诗写刘长卿入山访南溪常道士不遇，借以表达隐者高洁平和的生活情趣，写景之句，颇有陶潜、王维、谢客之遗风。

开篇写南溪常道士的生活环境，因为太过幽僻，少有行人，所以青苔覆满石子路，诗人来拜访时木屐的脚印才会那么清晰。白云、小洲、春草和无人的庭院，这便是常道士的住所了。由“闭闲门”可以看出主人并不在家，所以诗人转而向山中，或是为了继续寻访友人，或只是单纯地为了一览山中的美景。山不转水转，看到了溪畔的花朵，亭亭玉立，孤芳自赏，映着背后的飞湍瀑流，极动衬出了极静，这种美感触动了诗人的内心，令诗人忍不住驻足，默默观景。所谓禅意，大抵是空明的道教真言，如诗如画的涧底奇观和诗人自在恬然的心境。“溪花与禅意，相对亦忘言”，绝似陶渊明“此中有真意，欲辨已忘言”。刘长卿仿五柳先生作脱俗之语，虽不及渊明畅达，亦有清新之处。

碧涧别墅喜皇甫侍御相访

唐 · 刘长卿（726？—786？）

荒村带返照，落叶乱纷纷。
古路无行客，寒山独见君。
野桥经雨断，涧水向田分。
不为怜同病，何人到白云。

| 辑 评 |

［元］方回《瀛奎律髓》：“如此句句明润，有韦苏州之风。”

［明］顾璘《批点唐音》：“又喜又悲，善况景物。”

［清］黄周星《唐诗快》：“笔下全用白描。”

赏读

唐代宗大历十年（775），皇甫曾为亡故的兄长皇甫冉编辑遗文，请独孤及写序途中路过石城山下的碧涧别墅，拜访旧友刘长卿。此时年迈的刘长卿因为长年谪居而与故友们消息断绝很久，突然得知友人来访，喜不自胜，作诗以记之。诗中既喜且悲，虽说友人记挂令人动容，但也触景生情，激起了心中不得不栖隐的失意。

刘长卿通篇都在描写自己境遇的凄凉：荒凉的环境、偏僻的住所、清贫的生活、孤单无人问的状态。诗人本来已经习惯了隐居，但被旧友来访一勾，便忍不住倾倒出心中的苦水。题目是喜来访，内容却句句言悲，仿佛一个孩子终于找到了依靠，可以向信赖的人倾诉自己的委屈。本诗应配合皇甫曾《过刘员外长卿别墅》一同赏鉴。刘长卿在写了本诗寄予皇甫曾后，皇甫曾以“江湖千里别，衰老一樽同”“沧州自有趣，不便哭穷途”回答刘长卿“不为怜同病，何人到白云”的抱怨之语。分别在这江湖中啊，我与你都会慢慢老去，沧州自有生趣，未到穷途末路，又怎能放声啼哭？皇甫曾理解了刘长卿的孤寂难耐，出言劝慰友人，不管天涯海角，时光都会将我们一同磨砺，要心胸开阔啊，小小的沧州不应成为你心灵的束缚，只要你能振作起来，何处不能自得其乐？二人你来我往，互相扶持，朋友当如是哉。

江乡故人偶集客舍

唐·戴叔伦（732？—789？）

天秋月又满，城阙夜千重。
还作江南会，翻疑梦里逢。
风枝惊暗鹊，露草覆寒蛩。
羁旅长堪醉，相留畏晓钟。

|辑 评|

[清]贺裳《载酒园诗话又编》：“近体诗亦多可观。如‘风枝惊暗鹊，露草覆寒蛩’，‘对酒惜余景，问程愁乱山’，‘竹暗闲房雨，茶香别院风’，语皆清警。”

赏 读

仅读诗题，本篇似乎是描写戴叔伦在一处旅店里面不期然地碰到了好几位江苏同乡之事。旅途逢故人，是多么令人意外又惊喜的事，更何况诗人用了一个“集”字，说明同乡不止一位，简直就是一次美妙的聚会。而掩起题目，光看内容，不禁令人疑惑，全篇哀怨惆怅、情长悲切，似乎只是一场清梦。

本诗既是“羁旅”，又是“江南”，大概可以推知此诗应作于安史之乱后，戴叔伦因避乱而去鄱阳，故诗中哪怕与旧友相逢，也无甚喜意，只有去国离乡的愁思。诗的前半部分写今夜相逢，感情尚还平淡，不及司空曙“乍见翻疑梦，相悲各问年”的悲凉。但后半部分收束的感情逐渐放开，写出了诗人此时战战兢兢、惶惶惑惑的心理状态。“风枝惊暗鹊，露草覆寒蛩”比起辛弃疾“明月别枝惊鹊，清风半夜鸣蝉”多了一股杯弓蛇影的味道。诗人和故友们在酒店中一醉方休，可又畏惧着早上的钟声，因为天亮就要分别。从诗中可知，戴叔伦和同乡们感情极深，那么为什么要这么急匆匆地赶路而不多相聚几天呢？大概是时局不稳，自身难保，这次偶然地碰到了这么多故人，大概也是因为大家都颠沛流离，欲南迁避乱的原因吧。相逢不易，各自珍惜，上天垂怜让我们月满之时得一团聚，明朝分别也毋太过悲切。

江上喜逢司空文明

唐·李端（737—784）

秦人江上见，握手泪沾巾。
落日见秋草，暮年逢故人。
非夫长作客，多病浅谋身。
台阁旧亲友，谁曾见苦辛。

| 辑 评 |

［元］辛文房《唐才子传》：“诗更高雅，于才子中名响铮铮。”

赏读

李端为大历十才子之一，师从皎然，思想中有着比较明显的佛道痕迹，又因人生命途坎坷，多写消极之语，是典型的大历诗风代表人物。李端幼年求道未成，深感神仙的虚无缥缈，与仕无益，转而一门心思地求仕。然而大历年间，李端前后两次科举考试皆落第，最后走的是举荐的道路，求得了校书郎的职位后不久又不得不因病辞官。可以说李端的一生都是极为失意的，他自语“壮志一为累，浮生事渐多”，多愁善感的性情在写赠别诗时极易打动人心。

题说是江上喜逢司空曙，而满篇尽是哭诉。李端和司空曙可以说是同是天涯沦落人，皆是仕途不顺，漂泊在外。诗人自称为秦人，但不管是李端自己还是司空曙，都不是秦地籍贯，结合“江上”来理解，秦人在江上，应是北人南迁，故首句是说自己这个北地之人离开故土来到南方，如今却不知何时还。北人李端偶然遇见了同是北人的好友司空曙后，触发这些年的感慨。看见友人的白发，便想到自己的白发，听到友人的不幸，便想到自己的不幸。李端将自己现在的状态形容为日薄西山、青草凋零，还要为晚年生活汲汲营营，而那些富贵了的朋友，因道不同渐渐少有往来。李端将满腹牢骚抱怨给司空曙听。对于好友的不幸，作为朋友却无能为力，司空曙只能当好一个听众，无声地安慰着友人。

送友入关

唐·李端（737—784）

闻君帝城去，西望一沾巾。
落日见秋草，暮年逢故人。
非才长作客，有命懒谋身。
近更婴衰疾，空思老汉滨。

|辑 评|

［清］贺裳《载酒园诗话又编》：“初读李端集，苦于平熟，遇其时一作态，即新警可喜。”

赏读

李端的诗很有意思的一点是常常有重复之句。如《江上喜逢司空文明》“秦人江上见，握手泪沾巾”与《江上别柳中庸》“秦人江上见，握手便沾衣”，还有《江上喜逢司空文明》“落日见秋草，暮年逢故人”和本篇《送友入关》“落日见秋草，暮年逢故人”，以及《江上喜逢司空文明》“非夫长作客，多病浅谋身”和本篇《送友入关》“非才长作客，有命懒谋身”。可见李端于得意句往往是一用再用。

听说友人要前往京城，诗人向西一望，眼泪便落了下来。落日的余晖映照着枯黄的秋草儿，诗人在暮年又碰到了曾经的故人。李端相逢不同友人的感情也是不同的。遇到司空曙时，尚是“泪沾巾”。而遇到柳中庸时，连巾帕都来不及拿出来拭泪，泪水便沾湿了衣裳。从喜逢到伤别，这情感也是进一步加深了。李端送友入关应作于逢司空曙之后，虽然都是暮年逢故人，但给司空曙的诗中，李端是多病中还惦念着要去谋身，及至送友入关，已经懒去谋身了，颇有种认命的味道。李端诗清淡易解，情感细腻，虽偶有抱怨句，但不伤及和朋友间的情谊。以事入情，更觉悲凉。

淮上喜会梁川故人

唐·韦应物（737—792）

江汉曾为客，相逢每醉还。
浮云一别后，流水十年间。
欢笑情如旧，萧疏鬓已斑。
何因不归去，淮上对秋山。

|辑 评|

［明］谢榛《四溟诗话》：“此篇多用虚字，辞达有味。”

［明］施重光《唐诗近体》：“情景婉至，结意佳。”

赏读

韦应物在淮水之畔重逢梁川故人而作此诗，咏叹时光易逝、年华易老，不着山水而山水尽在，不言悲慨而深情如许。

我和你呀，都曾流落到江汉，每次相逢尽兴饮宴，都会大醉而归。自分别后啊，一晃都已经过了十年。如今再遇，我们还像原来那样亲密无间地谈笑，只是如今我们两个老头子都白发苍苍了。为什么我不同你一并归去呢，大概是还留恋淮上的秋山吧。

一别十年，纵使情谊不变，却已难回到当时。人如浮云易散，又若流水去无还期，我们之间的情谊毕竟也被这风霜时间消磨得流失了颜色。所以你问我为什么不同你一同离去，因为我知道我们都已不复年少，哪怕我再厌恶官场，这淮南之地还需我的镇守。

韦应物与友人匆匆相逢，又匆匆分离，百感交集作此诗，语中带着对时间的无可奈何，冲淡闲远，一气旋折，既真且朴，华而不绮。

长安遇冯著

唐·韦应物（737—792）

客从东方来，衣上灞陵雨。
问客何为来，采山因买斧。
冥冥花正开，飏飏燕新乳。
昨别今已春，鬓丝生几缕。

|辑评|

［宋］刘辰翁《须溪先生校本韦苏州集》：“不能诗者，亦知是好。”

赏读

韦应物有赠冯著诗四首，称冯著是一位才德兼备的名士。冯著隐而后仕，但不得赏识，终失意而还。韦应物对朋友的遭遇深表同情，但仍坚定地站在朋友身后，一直鼓励着他。诗中一片明快诙谐，韦应物与冯著间深厚的交情让其能以调侃的口吻安慰朋友。物以类聚，人以群分，通过韦诗，我们料想冯著也应是像韦应物这般心境开阔，纵在低谷也不失风度之人。

读罢此诗，只有一个“美”字可以形容。开篇客从东方而来，仿佛来自烟雨朦胧的江南，呼吸带着水气，微雨湿了衣襟，而你摇摇广袖，风便将衣袍吹得胀满。所谓名士风流不过如此，遥想魏晋当年，隐士应有此气度。二句自问自答，来此是为了开山买斧。何谓开山？求仕也。为何买斧？仕途不顺也。诗人以幽默的口吻说出了友人的情况。而正值春天，花自盛开，燕自哺乳，万物复苏，暗喻友人应该会有一个好的前程。最后问朋友鬓角可生了华发？亦是自问自答，不过一年而已，朋友容颜未变、盛年未逾，所以不必沮丧，未来仍大有可为。全诗带着对朋友的欣赏和信任，寓情于景，景致清丽，情感脱俗。

寄全椒山中道士

唐·韦应物（737—792）

今朝郡斋冷，忽念山中客。
涧底束荆薪，归来煮白石。
欲持一瓢酒，远慰风雨夕。
落叶满空山，何处寻行迹。

|辑评|

［明］周珽《唐诗选脉会通评林》：“通篇点染，情趣恬古。一结出自天然，若有神助。”
［清］高步瀛《唐宋诗举要》：“一片神行。”

赏读

韦应物此诗，精妙之外，更见空明境界。

全诗的诗眼在于一个“冷”字。寒冷的天气，冷清的生活，冷寂的环境，令人担忧起远在山中的你可会缺少足够的棉衣御寒？你在涧底打柴，脚边冰冷的河水可会溅湿了你的鞋袜？回去后煮白石以为餐，可堪果腹？道家的生活会不会过于清贫，你可会比我更难捱这冬天？担忧思念之情，自冷开始，铺陈遍地。所以诗人想去寻访友人，“欲持一瓢酒，远慰风雨夕”。韦应物在《简卢陟》中有类似句“我有一瓢酒，可以慰风尘”。这一瓢酒一是给自己，也是带去给朋友。诗人认为从这酒中能得到片刻暖心，故想把这暖意也传达给友人。可空山渺渺，何处去寻故人呢？落叶掩埋了小径，掩埋了足迹，只余我独自一人默默地思念着。

秋气萧森、落叶满山、不见人迹，渲染出一片萧疏淡远的景色，而这深山中隐藏着一位隐居的道士，又加上了悠远的宗教意境，清新空灵，有超然物外之感。

送李端

唐·卢纶（739？—799？）

故关衰草遍，离别自堪悲。
路出寒云外，人归暮雪时。
少孤为客早，多难识君迟。
掩泪空相向，风尘何处期。

|辑 评|

[清]潘德舆《养一斋诗话》：“少孤句，皆字字从肺肝中流露，写情到此，乃为入骨。虽是律体，实《三百篇》、汉魏之苗裔也。”

俞陛云《诗境浅说》：“诗为乱离送友，满纸皆激楚之音。前四句言岁寒送别，念征途之递迢，值暮雪之纷飞，不过以平实之笔写之。后半篇沉郁激昂，为作者之特色。”

赏读

《全唐诗》记录此诗名为《李端公》，卢纶所作，题下有注:“一作严维诗,题作‘送李端’”。今演化为《送李端》选入《唐诗三百首》，作者定为卢纶。卢纶和李端年纪相仿，而严维长二者大约十余岁，故今定论应无误。

本篇与其说是送别诗，倒不如说是诀别诗。卢纶作此诗时应年岁已大，而好友李端同样雪鬓霜鬟，卢纶自知这次的相聚可能便是最后的会面，更兼世事动乱、风云难测，这次生离悲痛不下于死别。

本诗情感一层深似一层。开篇尚是普通离别之悲，人去故关看衰草，便是不舍之意。领联写卢纶恨不得送友人出天外，说明相送之长，而人归暮雪，仿佛叫人眼见卢纶佝偻着背，大雪将他的霜发染得更白。颈联写身世飘零，绝少知音，而好不容易结识了对方，又感叹识君太晚。一个“迟”字，不仅写卢纶和李端相见恨晚，更写出了今朝分别，再会难期，缘分短暂的哀切。尾句更是愤恨地指问命运，卢纶预测与友人再无相见之期，送别时强行忍着眼泪，直到再看不见友人的身影才号啕大哭。风尘何处期啊？风尘无处期！命运对我们是何等不公啊，好不容易寻到知音，却相聚太过匆匆。今朝好似诀别，生老病死是人间最无可奈何的事，卢纶放不下，却不得不放下。

择友

唐·孟郊（751—814）

兽中有人性，形异遭人隔。
人中有兽心，几人能真识。
古人形似兽，皆有大圣德。
今人表似人，兽心安可测。
虽笑未必和，虽哭未必戚。
面结口头交，肚里生荆棘。
好人常直道，不顺世间逆。
恶人巧谄多，非义苟且得。
若是效真人，坚心如铁石。
不谄亦不欺，不奢复不溺。
面无吝色容，心无诈忧惕。
君子大道人，朝夕恒的的。

| 辑 评 |

［元］方回《瀛奎律髓汇评》："刻意苦吟，字字沉着。苦语是东野所长。"

赏读

孟郊最出名的诗篇无过于《游子吟》，慈母之心胜过三春光辉，读来暖人心脾。但孟郊本身并不是一位长于言情，风格温暖的诗人，恰恰相反，屡试不第、仕途坎坷、中年丧子的孟郊对于人性有更深刻的认识。孟郊诗多针砭时弊，揭露社会丑恶之作。本篇孟郊道其择友观，其中善恶分明，嫉恶如仇，多以白描手法，直言不讳，是十分典型的孟郊诗。

孟郊以一系列的对比，好的和坏的、古人和今人、外表和内在、思想和行为、善良和邪恶，将如何择友一一道明。与其去选择那些心藏野兽的人，倒不如和善良的野兽为伍。诗人感叹古之仁善今已不存，世人都是表里不一的，令人难以选择。而世道如此，好人得不到报应，而恶人偏偏能够获利。所以诗人呼吁，要像真人、君子那样持身以正，不为污墨所染，将这个错误的社会纠正过来。诗人自己向往君子，也只有君子才符合诗人的交友观。君子坦荡荡，小人长戚戚，真正的朋友是能做到不欺于心，不昧于行的，没有人愿意选择两面三刀的人为朋友，宁缺，也毋滥。

没蕃故人

唐・张籍（767？—830？）

前年戍月支，城上没全师。
蕃汉断消息，死生长别离。
无人收废帐，归马识残旗。
欲祭疑君在，天涯哭此时。

| 辑 评 |

[清] 查慎行《初白庵诗评》："结意深惨。"

[清] 李怀民《重订中晚唐诗主客图》："只就丧师事一气叙下，至哭故人处但用尾末一点，无限悲怆。水部极沉着，诗便不让少陵。"

赏读

因安史之乱，吐蕃乘虚而入，河陇、西域之地先后为其所占。唐代宗广德元年（763），吐蕃甚至一度攻陷长安。永泰元年（765），吐蕃与回纥等连兵入侵，围泾阳，“奉天、灵台之战”后退走。大历三年（768），吐蕃攻灵武，兵败不成。唐德宗贞元二年（786），吐蕃再度入侵，“汧城之战”后北撤。贞元十七年（801），吐蕃攻灵、朔等州，“维州之战”后南下。安史之乱虽然削弱了唐朝的国力，但李唐武功仍不是吐蕃能够吞得下的。一次次的战役，吐蕃皆大败而归。享受着和平的唐人写着歌颂朝廷的诗篇，在岁月静好下，是边关军人垫起的累累尸骨。

俞陛云将本诗视作一篇哀诔文，评价极切。张籍题说朋友被蕃所没，那场战役传来的消息也是全军覆没。汉蕃敌对，不论友人是战死还是被俘，此生都没有回来的希望了。诗人前往战场，只有废帐残旗，寂无行人。等过了一年又一年，都不见友人归来。张籍明明心知友人凶多吉少，尾联仍固执地不肯承认，既不愿友人在泉下无享香火祭祀，又怀抱侥幸心理，幻想友人保全一命，手足无措下只望天涯而长哭。全诗一气而下，语言朴素到直陋，但本是悼文，又何须修饰。张籍以悲情贯下，有呜咽声足矣。

送远曲

唐·张籍（767？—830？）

戏马台南山簇簇，山边饮酒歌别曲。
行人醉后起登车，席上回尊向僮仆。
青天漫漫复长路，远游无家安得住。
愿君到处自题名，他日知君从此去。

|辑 评|

［清］金圣叹《批选唐诗》："情在辞外，恻然动人。"

［清］沈德潜《唐诗别裁》："从前送远诗，此意未曾写到。"

赏读

经典的送别友人诗无非是写景、叙事、抒情，写景色之苍凉，写离人之不舍，写分离之销魂，写别后之想念。张籍此诗，将送友诗各要素几乎全部占领，而在这些老套路中又见新意。

戏马台，相传是项羽掠马台，遥想当年项羽灭秦，自立为西楚霸王，于城南南山上，构筑崇台，以观戏马。南朝刘裕北伐奏捷，也曾在此大宴群僚，“天门神武树元勋，九日茱萸飨六军”。更有北魏拓跋焘举兵南下，立毡帐于戏马台上，剑指南方腹地。诗人以戏马台起笔，更觉意境苍凉萧索。昔日豪杰化为尘土，都城变作遗迹，沧海桑田，物是人非，我与你相别，歌唱古曲，殊不知，这山川见证了历史上多少人似你我不得不别。张籍置别酒，友人便一饮千觞，喝到连人都认错，才扶着僮仆登上马车。此愁无计可消除，只能以酒麻木自己。你离去后啊，我看那山也迢迢，水也迢迢，不知你去往何方，何处可安歇？张籍想象友人漂泊无依的情景，顿觉揪心。你四处流浪，在山村野店中题壁赋诗，来日我若贬谪，便寻着你的诗迹去找你吧。本篇行人之悲中更有人世之惨，读来令人涕下。

送友人

唐·薛涛（768？—832）

水国蒹葭夜有霜，月寒山色共苍苍。
谁言千里自今夕，离梦杳如关塞长。

|辑 评|

［明］钟惺《名媛诗归》："月寒乎？山寒乎？非'共苍苍'三字不能摹写。浅浅语，幻入深意，此不独意态淡宕也。"

［明］周珽《唐诗选脉会通评林》："征途万里，莫如关塞梦魂无阻，今夕似之，非深于离愁者孰能道焉？徐用吾曰：'情景亦自浓艳，却绝无脂粉气。虽不能律以初、盛门径，然亦妓中翘楚也。'上联送别凄景，下联惜别深情。"

赏读

“蒹葭苍苍，白露为霜。所谓伊人，在水一方。”《毛诗序》和《郑笺》提到《诗经·蒹葭》是用来讥刺秦襄公不能用周礼来巩固他的国家，《诗经通论》和《诗经原始》则认为《蒹葭》是招引贤士而不可得，但到现在，情诗的说法得到了最普遍的认同。所谓情诗，不仅指爱情，还有友情、亲情、向往之情。薛涛借《蒹葭》意境开篇，因为友人将去，想留而竟不得留，此后，想见而竟不得见。

薛涛“工绝句，无雌声”，但毕竟是女性视角，诗中自有一份温柔雅致。以蒹葭入诗，薛涛不是独一份，陆龟蒙有“相逢便倚蒹葭泊，更唱菱歌擘蟹螯”，王昌龄有“山长不见秋城色，日暮蒹葭空水云”，李嘉佑有“无端王事还相系，肠断蒹葭君不知”，杜牧有“秋声无不搅离心，梦泽蒹葭楚雨深”。蒹葭之思，重在相忆。以蒹葭起笔思念之情后，薛涛一连描绘了五个意象，前两句几可看成“水有蒹葭夜有霜，月有寒色山影苍”，烘托出友人离开后的第一晚诗人难以入眠，远望窗外，所见景色的萧疏寒意。下联诗人先反问一句，不信别情自今夜起，后句却再转一语，承认思念难耐，想要托梦诉说相思之情，却因相隔太远，魂梦难期。收尾灵动至极，仿若吴侬软语低吟浅唱，又带有女子的娇俏，一转再转，回肠荡气。

酬乐天扬州初逢席上见赠

唐·刘禹锡（772—842）

巴山楚水凄凉地，二十三年弃置身。
怀旧空吟闻笛赋，到乡翻似烂柯人。
沉舟侧畔千帆过，病树前头万木春。
今日听君歌一曲，暂凭杯酒长精神。

| 辑 评 |

［唐］白居易《刘白唱和集解》：“‘沉舟侧畔千帆过，病树前头万木春’之句之类，真谓神妙，在在处处，应当有灵物护之。”

［清］沈德潜《唐诗别裁》：“‘沉舟’二语，见人事不齐，造化亦无如之何！悟得此旨，终身无不平之心矣。”

俞陛云《诗境浅说》：“梦得此诗，虽秋士多悲，而悟彻菀枯。能知此旨，终身无不平之鸣矣。”

赏读

唐敬宗宝历二年（826），刘禹锡罢和州刺史应召返京，同年，白居易从苏州返洛阳，二人相逢于扬州，宴席上，白居易作《醉赠刘二十八使君》予刘禹锡，刘禹锡写此诗回赠乐天。

“诗豪”刘禹锡和“诗魔”白居易友情深厚，诸多交好，《旧唐书·刘禹锡传》有云：“禹锡晚年与少傅白居易友善。诗笔文章，时无在其右者。”因皆才学冠世，文人间的心心相惜缔结了这段友谊。本篇与《醉赠刘二十八使君》是一对典型的酬赠诗，开篇“巴山楚水凄凉地，二十三年弃置身”即是应和“亦知合被才名折，二十三年折太多”，同被贬谪的过往让二人之间有了更多的共同话题。而白居易感叹的是“诗称国手徒为尔，命压人头不奈何”的无奈悲凉，刘禹锡的赠答诗则更胜一筹，一句“沉舟侧畔千帆过，病树前头万木春”别出心裁，立意高远，成为千古绝唱。

本篇先自述过往被弃置多年的境遇，承接白诗中辛酸悲愤的情感，再写自己归来时只见世事沧桑、人事全非的孤独凄凉，就像老友间私底下相互抱怨命途多舛，本是愤世嫉俗之语。颈联却笔锋一转，自己已是“沉舟”“病树”，却仍希望看见沉舟侧畔百舸争流，病树前头生机勃发，欣慰于新人辈出，后继有人。尾句将此份情感与友人共勉，劝其振作，显露出刘禹锡坚韧的性格和豁达的胸襟，充溢着慷慨激昂之气。

重至衡阳伤柳仪曹

唐·刘禹锡（772—842）

元和乙未岁，与故人柳子厚临湘水为别，柳浮舟适柳州，余登陆赴连州。后五年，余从故道出桂岭，至前别处，而君没于南中，因赋诗以投吊。

忆昨与故人，湘江岸头别。
我马映林嘶，君帆转山灭。
马嘶循古道，帆灭如流电。
千里江蓠春，故人今不见。

|辑评|

［宋］蔡絛《蔡百衲诗评》：“刘梦得诗，典则既高，滋味亦厚。但正若巧匠矜能，不见少拙。”

［宋］刘克庄《后村诗话》：“雄浑老苍，沉着痛快，小家数不能及也。”

赏读

本篇是刘禹锡重过衡阳悼念旧友柳宗元所作。元和十年（815），柳宗元与刘禹锡因同坐王叔文改革集团失败之事被贬，柳宗元授柳州刺史，刘禹锡得播州刺史，而柳宗元念及友人刘禹锡母亲年事已高，不忍朋友与母分别，自请前往西南之地，刘禹锡终改易连州。二人昔年在衡阳分别，各自赴任。五年后，刘禹锡因母丧出连州，而柳宗元却在柳州因病去世，刘禹锡重过衡阳，写下本篇。

与故人在湘江之滨分别的事仿佛还在昨日，我牵着马儿目送着你搭乘的船只远去。马鸣呦呦，隔着很远都还能听到，而客船顺流而下，一眨眼就失去了踪迹。又是春天，又是分别之地，漫江的蓠草恣意生长，却再也看不到故人了。

刘禹锡与柳宗元的患难之交催人泪下，柳宗元能想朋友之所想，急朋友之所急，为了朋友不惜损失自己的利益，只为了朋友能过好，他们曾一同约定要“相随出罻罗”，而在相逢之前，刘禹锡却等来了柳州的讣告，禹锡“惊号大叫，如得狂病。良久问故，百哀攻中”。再次故地重游，勾起了昔年的回忆，而约定之人再也不会赴约。长歌当哭，刘禹锡再多豪情，也成悲壮。今日临岐别，何年待汝归，可孰知世事难料，物是人非。当年分别已是永诀，故人不见，归人不归。

问刘十九

唐·白居易（772—846）

绿蚁新醅酒，红泥小火炉。
晚来天欲雪，能饮一杯无？

|辑评|

［清］黄周星《唐诗快》：“岂非天下第一快活人。”

［清］王文濡《唐诗评注读本》：“用土语不见俗，乃是点铁成金手段。”

俞陛云《诗境浅说续编》：“寻常之事，人人意中所有，而笔不能达者，得生花江管写之，便成绝唱，此等诗是也。末句之‘无’字，妙作问语，千载下如闻声口也。”

赏读

《问刘十九》这首小诗清新自然。陈友琴先生曾考证刘十九，亦号嵩阳处士，是白居易在江州的故交。另据白居易常与刘二十八唱和，知刘十九乃刘禹锡（刘二十八）堂兄刘禹铜。《问刘十九》是白居易“天晚欲雪，思念旧人”而作。

全诗寥寥二十字，完美刻画出一幕冬季怀友的场景。诗人的视角由内而外，由近到远，以语句倒装的手法展开画面感，最妙的是尾句以设问方式落笔，仿佛是平日里与友人念叨家常一般的语气。我在这冬日饮酒中想到了你，只愿这酒能遥传我的心意，愿你像我此时一般，有广厦可避，有美酒可饮，安然随适，风雨不侵。这种感觉突破了时空的限制，让读者好似成了那位刘十九，体悟到友人对自己的美好祝愿，也情不自禁地在心中答话：我也同样地思念你，若是你举杯对邀，我自是愿一饮三百杯。

本篇的妙处还在于对色彩的运用。浮末的绿色、泥炉的红色、雪花的白色是显性的色彩，当我们在脑海中构筑画面时，还会自然而然地想到棕色的酒液、金色的火焰、窗外黑色的阴翳，甚至是江州司马的一袭青衫。而这种种色彩又汇聚在屋内的狭小空间中，给人一种强烈的视觉冲击。白居易用种种颜色渲染出一副暖人心境的画面，质朴无华，却温馨热烈，嚼之满口生香。

同李十一醉忆元九

唐·白居易（772—846）

花时同醉破春愁，醉折花枝当酒筹。
忽忆故人天际去，计程今日到梁州。

丨辑 评丨

［明］唐汝询《唐诗解》：“乐天语尚真率，然浅而不俚，方是妙境，此诗得之。”

［明］高棅《增订评注唐诗正声》：“郭云：王元美云：‘元轻白俗，如此诗浅而较真，犹胜填词一格。’”

［明］敖英、凌云《唐诗绝句类选》：“前二句以近者言，后二句以远者言，此诗家之远近格。”

赏读

历史上记载的知己，莫过于伯牙子期高山流水，而以“元白”并称的元稹和白居易，不仅在文坛中名声并举，政治上属同派系，他们生活中也往来亲密，完美地诠释了何为挚友。相似的经历、相近的性情、相同的理想和相当的才华，造就了这样一段人人称美的友谊。

元白之间唱和甚多，其中“千里神交”之事可谓传奇。元和四年（809）二月，元稹服除出为监察御史，在去东川的路上，出骆谷至汉中盆地，夜宿汉川驿，梦见白居易与李健同游慈恩寺，醒后写下《使东川·梁州梦》：“梦君同绕曲江头，也向慈恩院院游。亭吏呼人排去马，忽惊身在古梁州”。而白居易此时在长安，恰好正与李健去曲江慈恩寺游玩，几乎同时写下了本篇。一人远行后思念朋友，甚至梦见了朋友在何地与何人往来，而另一人在游玩时也恰恰惦念对方，双方同时写下了诗作，此情此谊，正是“从别后，忆相逢，几回魂梦与君同”。

本诗即景生情、因事起意，在酒席上偶然怀念起元稹，前二句言近，后二句言远，没有浓墨重彩地描写交情之深，只轻描淡写地带过了对朋友的思念，可若不是时时记挂心头，又怎么会在醉后还能清楚地推算出友人的行程呢？可见情深意真，不言自明。

重别梦得

唐·柳宗元（773—819）

二十年来万事同，今朝岐路忽西东。
皇恩若许归田去，晚岁当为邻舍翁。

|辑 评|

[清] 汪森《韩柳诗选》：“‘二十年’‘今朝’‘晚岁’，笔法相生之妙。”

赏读

《旧唐书》云："贞元、大和之间，以文学耸动缙绅之伍者，宗元、禹锡而已。其巧丽渊博，属辞比事，诚一代之宏才。"唐德宗贞元九年（793），二十岁的柳宗元和二十一岁的刘禹锡同登进士第，才华横溢的两人因此结识，一样的风华正茂、意气风发。都是宏才，又彼此欣赏，自然而然成为朋友。唐德宗贞元二十一年（805），柳宗元和刘禹锡参与永贞新政，并成为改革集团的核心人物，此后政治命运休戚相关。宪宗即位后，新政失败，二人皆被贬为远州司马。元和九年（814），二人同时奉诏返京，次年三月分别任为柳州刺史和连州刺史，一同出京赴任，至衡阳分路。本诗即作于衡阳分别之时。

自中进士以来，到作此诗时已度过了二十二个春秋，过往的这些年，柳宗元和刘禹锡互相扶持，一路走来。分别之际，执手相望泪眼，诉不尽道不完的离愁。过往的这些年，柳宗元和刘禹锡聚少离多，可是此时，柳宗元仍说"今朝"才"忽西东"，隐隐已有一种不祥的预感。后句想象着老去后乞骸骨归乡的生活，但又加上了"皇恩若许"的前提，可若是"皇恩不许"呢？一语成谶，五年后柳宗元突发急症病死任上，来不及见刘禹锡最后一面，"邻舍翁"的约定终成一场空。本篇"发纤秾于简古，寄至味于淡泊"，不着悲字而悲不自胜。

闻乐天授江州司马

唐·元稹（779—831）

残灯无焰影幢幢，此夕闻君谪九江。
垂死病中惊坐起，暗风吹雨入寒窗。

|辑评|

［明］唐汝询《唐诗解》："卒情所激……非元、白心知，不能作此。"

［明］徐增《而庵说唐诗》："此诗重'此夕'二字。大凡诗中用字，最不可杂乱，此诗若'残'字，若'无焰'字，若'谪'字，若'垂死'字，若'惊'字，若'暗'字，若'寒'字，如明珠一串，粒粒相似，用字之妙，无逾于此。"

［清］黄叔灿《唐诗笺注》："残灯病卧，风雨凄其，俱是愁境，却分两层写。当此残灯影暗，忽惊良友之迁谪，兼感自己之多病，此时此际，殊难为情。末句另将风雨作结，读之味逾深。"

赏读

唐宪宗元和五年（810），元稹弹劾不法官吏，同宦官刘士元冲突，被贬为江陵士曹参军，后改授通州司马。元和十年(815),白居易因宰相武元衡被刺一案，被贬为江州司马，消息传至通州，元稹听闻白居易被贬，大恸作此篇。

本篇说“此夕”之事，说残灯暗影，说凄风苦雨，说得知朋友被贬的不幸，全篇状物，而夜境、病境、愁境三者皆在，悲怆之意顿生。当元稹知白居易被贬谪，竟“垂死病中惊坐起”。仿佛是做了噩梦般，不受控制地“惊”得猛然从床上弹起，更甚者，是让一位几乎垂死的病人惊吓得脱离了病中的衰弱无力。这种对比的反差，更凸显震惊之巨。

五年前，元稹遭贬时，白居易“枕上忽惊起，颠倒着衣裳”。五年后，白居易“同是天涯沦落人”，元稹则“垂死病中惊坐起”。同样是“惊”，元白二人对彼此的不幸感同身受，恨不得以身代之。凄凉的景色恰如凄凉的心境，既触景伤情，又融情于景。白居易得此篇后感叹道：“此句他人尚不可闻，况仆心哉！至今每吟，犹恻恻耳。”回味本篇，初见悱恻，后觉凄切。

西归绝句其十

唐·元稹（779—831）

寒窗风雪拥深炉，彼此相伤指白须。
一夜思量十年事，几人强健几人无。

|辑 评|

[清] 史承豫《唐贤小三昧集》：“深情人乃能作此语。”

赏读

元和五年（810），元稹因得罪权贵被贬江陵士曹参军，元和八年（813）徙唐州从事，元和十年（815）春，诗人奉召还京，自唐州往长安，这组诗即为返京途中所作。《西归绝句》一组十二首诗中，感情跌宕起伏，既有风流灵巧之语，又有感时伤物之句。本篇为伤心之最，长期的放逐让元稹远离政治中心很久了，想象着与故友再次相见，却不知还有多少人健在，或是当年一别已成永诀？

窗外风雪逼人，诗人独坐户内，拥着被炉取暖。想到昔年与好友的意气风发，如今却感伤须发尽白，不复年少。一夜无眠，过往十年的经历仿佛在眼前回放，记忆中的朋友，不知如今是强健抑或消损。此篇予读者物是人非之感，元稹因“俊爽不容于朝，流放荆蛮者近十年”，让人不禁联想到贺知章《回乡偶书》“少小离家老大回，乡音无改鬓毛衰”。同是叹息时光催人老，可家乡能一如既往地拥抱疲惫的游子，而朝廷是否会毫无芥蒂地接纳我呢？迈入政坛，便是身如浮萍，念及被搓磨流放的五年，再度回京，不仅儿童相见不相识，对着这幅沧桑的面孔，连故友会不会都相逢应不识呢？近乡情怯，怯的是宅第冷落、旧友无情、未来难期。“一夜”到“十年”，跨越了时间和空间，而说到“几人强健几人无”，明明尚在壮年，口吻却仿若耄耋老人，深情之至，亦是伤情之至。

送沈秀才下第东归

唐·贾岛（779—843）

曲言恶者谁，悦耳如弹丝。
直言好者谁，刺耳如长锥。
沈生才俊秀，心肠无邪欺。
君子忌苟合，择交如求师。
毁出疾夫口，腾入礼部闱。
下第子不耻，遗才人耻之。
东归家室远，掉辔时参差。
浙云近吴见，汴柳接楚垂。
明年春光别，回首不复疑。

|辑 评|

[唐] 司空图《与李生论诗书》：“贾浪仙诚有警句，视其全篇，意思殊馁，大抵附于蹇涩，方可致才，亦为体之不备也。”
[唐] 苏绛《贾司仓墓志铭》：“妙之尤者，属思五言，孤绝之句，泛在人口。”

赏读

贾岛被称“诗囚”“诗奴”，还有个“苦吟诗人”的名号，因为其作诗精于雕琢，多凄清苦味，自谓“两句三年得，一吟双泪流”。本篇写送落第友人归家，以哲理起笔，语言精练，感情含蓄而带有劝诫意味。

没有谁会讨厌委婉的言辞，因为它悦耳得像动听的乐曲一样。也没有谁会喜欢直白的语言，因为它像长长的锥子一样刺耳。你是一个多么有才华的人啊，心肠又如此的好。君子要慎重啊，不能随意地从众，选择朋友就要像寻求老师一样认真。那些嫉妒你才华的人会在背后诋毁你，破坏你晋职的阶梯。不要为落第而羞耻啊，朝廷流失人才才是可耻的事。你此去归家，一路漫漫。家乡风景依旧，但你切莫留恋，明年再来复试时一定能榜上有名。

贾岛从择友的角度来劝诫沈秀才放宽心态，不要为落第之事而累。诗人将朋友落第的原因归咎于识人不清，开篇直言良药苦口利于病，忠言逆耳利于行，所以不要被曲言所迷惑，语中尽是对朋友的用心。后又安慰友人说朝廷失去了你这位人才是多么可惜的事啊，从才学上肯定了友人上榜的资格，给下第的友人一剂强心针，再接着鼓励友人不要对朝廷失望，明年仍有机会，请再接再厉。诗人对朋友可谓掏心掏肺，既考虑到朋友的心态，也满含着对友人的祝福，贾岛诗多沉郁，而本篇尽是真情。

寄扬州韩绰判官

唐·杜牧（803—852？）

青山隐隐水迢迢，秋尽江南草未凋。
二十四桥明月夜，玉人何处教吹箫。

|辑 评|

［宋］谢枋得《注解选唐诗》：“情虽切而辞不露。”

［清］黄叔灿《唐诗笺注》：“‘十年一觉扬州梦’，牧之于扬州缱恋久矣。‘二十四桥’一句，有神往之致，借韩以发之。”

赏读

唐文宗大和七年（833），杜牧任淮南节度使掌书记，与韩绰是同僚。开成元年（836），杜牧改迁监察御史，由淮南节度使幕府回长安供职。回长安后，每每思念扬州盛况，也思念着那位曾把臂同游的好友。

远处青山与天共色，近处江水迢迢不绝，彼时秋来，江南草木不枯。明月辉光映亮了夜晚，月下二十四桥连绵，如玉般的人儿，你如今在何处吹箫呢？

读此诗，竟分不清杜牧是借扬州以思念韩绰，还是借韩绰以思念扬州。扬州美啊，扬州于释道潜笔下“蜀冈西望芜城路，银竹森森十里横”，于张祜“十里长街市井连，月明桥上看神仙”，于李绅“夜桥灯火连星汉，水郭帆墙近斗牛”……古代的扬州，就是每个诗人心目中的江南，钟灵毓秀集于一身。杜牧在扬州待了十年，十年沉醉在温柔乡，被扬州的酒泡酥了骨头，被扬州的美人迷花了眼，被扬州的歌吹熏软了肌肉，所以才会写出“春风十里扬州路，卷上珠帘总不如”“十年一觉扬州梦，赢得青楼薄幸名”。这位“豆蔻词工，青楼梦好”的杜郎是舍不得扬州的，在离开后还常常想起二十四桥的月夜。同好的韩绰也是位风流才子，想到韩绰，便想到昔日与友人一起放浪潇洒的时光。杜牧借诗以寄托思念之情，在寄去的诗中戏谑地问玉人何处教吹箫，雅艳而不下流，语言灵动深情，意境清丽优美。

送人东游

唐·温庭筠（812？—866？）

荒戍落黄叶，浩然离故关。
高风汉阳渡，初日郢门山。
江上几人在，天涯孤棹还。
何当重相见，樽酒慰离颜。

|辑 评|

[清]黄叔灿《唐诗笺注》：“首联领起，通篇有势，中四语结撰亦称。如此写离情，直觉有浩然之气。”

[清]周咏棠《唐贤小三昧集续集》：“高朗明健，居然盛唐格调。晚唐五言似此者，亿不得一。”

赏读

今人提及温庭筠，第一反应必是“花间词人”，温词秾艳精致，辞藻华丽，上承齐梁宫体余风，下启晚唐花间艳体。温庭筠诗词多写闺情，而本送行诗气质苍苍莽莽，高调入云，一改侧艳之调，不得不说，真名士固不囿于豪情闺怨也。

唐宣宗大中九年（855），温庭筠因搅扰场屋贬隋州隋县尉，此后十年，温庭筠基本上活动在湖北一带，诗中明确提及“汉阳渡”“郢门山”，可知本诗应是温庭筠在江陵送友人东行而作。

荒凉的营垒上落满了黄叶，你却不为离情所苦，满怀豪情壮志地告别了家乡。我送你到汉阳渡口，渡口秋风高爽。荆门山上的朝阳向这边映照着，照亮你前行的路。江上有几人在目送你远去，就好像默默地等待你不日仗孤舟而还。什么时候我们才能再次相见，共同举杯畅饮抚平你曾离去的愁颜。

本诗开篇便有壮志之意，“浩然离故关”强行拉升了送别时的氛围，纵后有“荒戍”“黄叶”“高风”“孤棹”，亦不改慷慨凌然之气。景色的悲凉萧索不过是为了衬托诗人和友人交情之深，难免因为离别而心酸。但总体上，温庭筠仍为友人志向坚定、一往无前而感到喜悦，祝福友人能心想事成，鹏程万里。深秋的寂寥、友人的离去都不曾摧折他们的内心，因为他们坚信不日定将重逢，意境浑脱，基调昂扬。

夜雨寄北

唐·李商隐（813？—858？）

君问归期未有期，巴山夜雨涨秋池。
何当共剪西窗烛，却话巴山夜雨时。

|辑 评|

[清] 纪昀《玉溪生诗说》:“作不尽语，不免有做作态，此诗含蓄不露，却只似一气说完，故为高唱。”

俞陛云《诗境浅说》:“清空如话，一气循环，绝句中最为擅胜。诗本寄友，如闻娓娓清谈，深情弥见。”

赏读

李商隐在文坛中以刻意追求诗美著称，其诗风格秾丽，辞藻华美，用典精巧，长于象征，读之如见百宝流苏、珠玉连缀。而《夜雨寄北》却一改繁缛雕琢，语句质朴自然，若在耳边喃喃细语，亲可近人。

李商隐滞留巴蜀，思念长安亲友作此篇。其愁有三：羁旅之愁，怀友之情，秋思之苦。重复回环亦三：第一重重复“归期”，首句“君问归期未有期”一问一答，“归期”出现两次，你在那头思念着我，托梦遥问归期，而我在这头也思念着你，却不能擅自离去，相念不相见的愁绪溢于言表；第二重重复“秋思”，“巴山夜雨涨秋池”，只有一夜未眠才知这秋雨淅淅沥沥地下了一整夜，而池塘水满，漫溢出的除了过多的秋水，还有迢迢不断的离愁；第三重重复“巴山夜雨”，在这首二十八字的绝句中，“巴山夜雨”四字被提及了两回，一边的“巴山夜雨”是具体景物，另一边的“巴山夜雨”指代此刻思念之情，一实一虚，一现在，一未来，前后一脉相承，不显累赘。愁情越甚却表达越幽微，结构上曲折重叠，音韵上回环往复，李商隐以白话入语，却精巧流丽、深情缠绵。

寄令狐郎中

唐·李商隐（813？—858？）

嵩云秦树久离居，双鲤迢迢一纸书。
休问梁园旧宾客，茂陵秋雨病相如。

|辑评|

[明] 敖英《唐诗绝句类选》：“义山此诗落句以相如自况，此足用古事为今事。用死事为活事。”

[清] 王士禛《唐人万首绝句选评》：“布置工妙，神味隽永，绝句之正鹄也。”

俞陛云《诗境浅说续编》：“义山与令狐相知久。退闲以后，得来书而却寄以诗，不作乞怜语，亦不涉觖望语，鬓丝病榻，犹回首前尘，得诗人温柔悲悱之旨。”

赏读

唐武宗会昌二年（842），李商隐因母丧而辞秘书省正字，闲居洛阳。会昌五年（845）秋，时任右司郎中的旧友令狐绹从远方寄书存问，李商隐感而作此诗。

义山笔法勤于用典使事，精于遣词造句，欲品其内蕴则必先释其典故。“嵩云秦树”借“渭北春天树，江东日暮云”之典，代指长安和洛阳。此时令狐绹在长安，而李商隐在洛阳，两人昔年旧友，如今却天各一方，以云树之高低起笔，情思旷达，意象极美。“双鲤”则化用“客从远方来，遗我双鲤鱼。呼童烹鲤鱼，中有尺素书”。鱼传尺素，鸿雁传书，“迢迢”寄来“一纸”，只言片语亦有情深义重。“梁园旧客”既是司马相如之于梁孝王刘武，亦是李商隐之于令狐绹，过去与现在交融，欲唤起友人对曾经交游往来的回忆。尾句说“休问”，却又忍不住再三提及昔日情谊并道出自己秋雨抱疴的现状，杨守智云：“其词甚悲，意在修好”，应是欲说还休，以温言软语求得重修旧好。

李商隐将自己比作司马相如，同样的天纵之才，同样的闲居病免，同样的落魄潦倒，李商隐在诗中隐隐有埋怨怀才不遇之意，然未作乞怜语。诗人缠绵病榻，闲赋在家，忍不住回首前尘，此时得故友来信，顿生亲切感念之情，故以老友抱怨口气，递诗旧友，感谢故人关心。

别离

唐·陆龟蒙（？—881）

丈夫非无泪，不洒离别间。
杖剑对尊酒，耻为游子颜。
蝮蛇一螫手，壮士即解腕。
所志在功名，离别何足叹。

辑评

［明］胡震亨《唐音癸签》：“陆鲁望江湖自放，诗性宜饶，而墨彩反复黯钝者，当繇多学为累，若欲以赋料入诗耳。”

［清］沈德潜《说诗晬语》：“直疑高山坠石，不知其来，令人惊绝。”

赏读

黯然销魂者，唯别而已矣。临行送别，有的人是云愁雨怨，有的人是魂劳梦断，但总有人剑指前路，“一片丹心向阳开，不斩楼兰誓不还”。

陆龟蒙古诗总有奇崛之句。古人说别离总离不开写景抒情，而陆龟蒙不谈分别之苦，以议论言志贯彻始终。

本诗情感慷慨激昂，如送行时醉酒之语。友人将要远行，陆龟蒙把盏相送。酒至酣处，诗人掷杯而歌，勉励友人要坚定志向、勇往前行，毋为离别所苦。“三十功名尘与土，八千里路云和月。”建功立业的一路上布满了荆棘与坎坷，为了能一举成名天下知，陆龟蒙的朋友十年磨砺、厚积薄发，而今欲一展身手。与梦想和志向比起来，离别又算得了什么呢？“天下熙熙，皆为利来，天下攘攘，皆为利往。”为一时之利尚能汲汲营营，更何况相关自己一生的功名利禄呢。古人的文治武功，说白了不过是用来博取功名的。现代女作家张爱玲曾说：“出名要趁早呀，来得太晚，快乐也不那么痛快。”所以朋友啊，快快动身，莫耽搁！陆龟蒙下笔如雷，劝勉友人生当有人杰之志，大丈夫当带三尺剑立不世之功，且歌且行，势若玉山将倾。

章台夜思

唐·韦庄（836？—910？）

清瑟怨遥夜，绕弦风雨哀。
孤灯闻楚角，残月下章台。
芳草已云暮，故人殊未来。
乡书不可寄，秋雁又南回。

|辑 评|

[明] 黄生《唐诗摘钞》：“句调坚老，晚唐所罕。”

[明] 钟惺《唐诗归》：“钟云：‘悲艳动人。’谭云：‘苦调柔情。’”

赏读

“章台夜思”即夜间思乡怀人，光凭“章台”二字便可读出几重韵味。春秋时楚国离宫有章华台，战国时秦王宫中亦有章台。西汉长安城有章台街，“章台帝城称贵里，青楼日晚歌钟起”，风流人物走马章台。而时近唐代，长安多柳树，韩翃有《章台柳》，此后章台成为柳树的代称。咏柳不直说柳，而用“章台”“灞岸”等字代称。故“章台”意象，一层古国遗风，一层王室尊贵，一层轻艳富丽，还有一层离愁别绪。《章台夜思》以古台起情思，叹沧海桑田、繁华不再，又愁故人殊绝、音信不传，章台诸典，细品下竟皆有涉及。

“清瑟”“遥夜”“孤灯”“楚角”“残月”“云暮”“秋雁”，韦庄在诗中运用的种种意象无不是为了烘托自己境遇的孤寂无助，本是迁客骚人，又哪堪冷落清秋节。更何况诗人寓居一地，仿佛在牢笼中与世隔绝般，得不到亲人朋友的消息，故人们似乎也忘记了我，约定好的相聚却无一人来此。景冷，境冷，人心更冷。开篇“清瑟怨遥夜，绕弦风雨哀”，一个“怨”字，一个“哀”字，便足以总起全诗基调。鼓瑟，而不是鼓琴，就因为瑟的声音更加凄清悲怨。瑟，同萧瑟，常与悲相联系，二十五弦一响，便足以使人泣下。张九龄有“情人怨遥夜，竟夕起相思”，同样是怨遥夜，张诗尚觉温存缠绵，韦诗便是风霜逼迫，凄寒透骨。故人不来，徒奈何哉？

送人游吴

唐·杜荀鹤（846—904）

君到姑苏见，人家尽枕河。
古宫闲地少，水港小桥多。
夜市卖菱藕，春船载绮罗。
遥知未眠月，乡思在渔歌。

|辑 评|

[清] 沈德潜《唐诗别裁》:“三四句写关中如画。”

俞陛云《诗境浅说》:“户藏烟浦，家具画船，江南之擅胜也。诗言其烟户之胜，桥港之多。余生长吴趋，诵之如在鸸坊鹤市间。忆近人句云：‘屐齿声喧沽酒市，波光红映过桥灯。’写江乡景物如绘。作旅行诗者，能掩卷若身临其地，便是佳诗。”

赏读

世间何事好？最好莫过诗。杜荀鹤作《送人游吴》，重点不在“送”，而在“吴”，笔下苏州风貌极尽灵动，满篇的江南水乡风情扑面而来，诱得人不由自主地想去一探究竟。

苏州因为优越的地理环境，自古以来都是富庶的鱼米之乡。诗人描绘了一幅江南水乡图：白墙黑瓦参差不齐的民居密密麻麻地挤在一起，分布其间的疏阔地带又有流水穿过，写出了苏州的繁华，也写出了苏州秀美的地貌。晚上一片灯火阑珊，穿着华贵的人坐着小船游湖，水道的两边便是集市，还有菜农在大声叫卖。人群的喧哗声，吹拉弹唱的乐曲声，交织成一副热热闹闹的市井画面。杜荀鹤在另一首《送友游吴越》中也有类似的句子，“有园多种桔，无水不生莲。夜市桥边火，春风寺外船”。果树长满庭园，水上生出莲花，夜市旁灯火璀璨，寺庙外还有游船停泊。这些都是只有苏州才有的特殊的风土人情，好似精心拍摄的照片，令人不胜心向往之。杜荀鹤仿佛就是一位尽职尽责的导游，将江南的美景一一介绍，说是送行，更多地却是推荐山水之趣。尾句表达不舍之意则轻轻带过，渔歌亦是江南标志，在如诗如画中轻笼上一层乡思。王国维先生说：“一切景语皆情语，一切情语皆景语。”杜荀鹤的诗，诗中有画，诗中有情，清新蕴藉，自然雅畅。

寻陆鸿渐不遇

唐·皎然（？）

移家虽带郭，野径入桑麻。
近种篱边菊，秋来未著花。
扣门无犬吠，欲去问西家。
报道山中去，归时每日斜。

|辑评|

［明］黄生《唐诗摘钞》：“极淡极真，绝似孟襄阳笔意。”

俞陛云《诗境浅说》：“此诗晓畅，无待浅说，四十字振笔写成，清空如活。”

赏读

僧道诗在中国古典诗词中是一个十分特别的类项，这一类诗特指诗人的职业是和尚和道士，而不是广泛意义上的宗教诗。古典诗词中不乏吟咏自己与僧道友谊，或塑造僧道的人物意象，或感慨禅理哲思，或游赏道观佛寺的，但这些并不能被归纳在僧道诗内。因为诗人并不是常理上的“文人士子”，世人对于僧道诗的点评标准也较其他诗词略低，可以说僧道诗只是一个比较小众的爱好。真正能够文坛留名的，无不是优中选优。惠休有碧云之句，皎然有黄花之什，僧道诗的另一个特性就是展现了宗教空灵、悠远、神秘的美感，有脱俗之致，方符合僧道的身份。

“江东名僧”皎然是唐代著名诗僧，吴兴杼山妙喜寺住持，与陆羽并称为中国茶道的双子星。皎然，字清昼，俗姓谢，系谢灵运十世孙，继承了谢灵运山水之思，诗文情调闲适，语言雅淡。

本篇描写皎然去拜访友人陆羽，而朋友恰好不在家中，暗示此次拜访不过是兴之所至，体现了隐士间悠闲随适的生活情趣。皎然乘兴而来、尽兴而归，哪怕朋友并不在家，也不在意是否达到了来拜访的目的。诗人喜欢的不过是寻访途中的风景，看到了桑麻、菊花、斜日便足以慰藉其心。本诗境界空明，为僧道诗上品。

丹阳送韦参军

唐·严维（？）

丹阳郭里送行舟，一别心知两地秋。
日晚江南望江北，寒鸦飞尽水悠悠。

|辑 评|

[明]桂天祥《批点唐诗正声》："作诗妙处，正不在多道，如'日晚'二句，多少相思，都在此隐括内。"

[清]宋顾乐《唐人万首绝句选评》："只一'望'字见意，末句转入空际，却自佳。"

赏读

严维的这篇绝句仿佛是在讲述一个优美的小故事，只有思念，而不见离愁。

诗人在丹阳城外送友人上船，此去一别，二人各分两地知秋。天色已晚，诗人仍站在江南，向着江北，遥望友人远去的方向。可再不见友人乘坐的船只身影，只有寒鸦归巢，斜晖脉脉水悠悠。

丹阳为水城，位于长江下游出江口，也是在南北分界线上。严维的友人即将北上，在水路阡陌纵横的丹阳选择乘船出行，所以诗人将其送到城外渡口，过了江，便是北地。最好不过“一别心知两地秋”。笔者一直以为南宋吴文英的“何处合成愁？离人心上秋”极尽新巧，将“愁”字拆分为“秋”和“心”，所以才是离人心上秋。但吴文英的灵感应该是来自严维此篇，严维与友人分别后，心上两地秋：一是说秋声将近，两地都换上了一样的秋景；二是“心”“秋”组成“愁”。吴文英因一语而成绝句，不过是说先人未曾说而已。三句分成江南和江北，我处江南，思君江北，“盈盈一水间，脉脉不得语”。严维久久伫立，久到暮鸦归巢，回过神来，发觉天地化作沉寂，只有江水默默东流。本篇将送行之事讲得深婉清丽，又把离愁掩藏在诗后，仅漫篇的思念，便足够动人。

席间咏琴客

唐·崔珏（？）

七条弦上五音寒，此艺知音自古难。
惟有河南房次律，始终怜得董庭兰。

|辑 评|

［唐］王定保《唐摭言》：“公从容为客请一篇。珏方怀怫郁，因以发泄所蓄。”
［明］胡震亨《唐音癸签》：“分有义山余艳，岂亦三十六体之一耶？”

赏读

本诗描述唐宰相房琯和琴师董庭兰之间惺惺相惜的知己之情。房琯是一位颇有才情的政治家，性格喜宾客，好谈论，多引拔知名之士，与门下乐师董庭兰交好。崔珏和董庭兰交游饮宴，董庭兰以高超的琴技获得一众好评。七弦琴声清脆冷冽，在此艺一道的知音自古稀少。只有河南的房次律，由始至终都懂得董庭兰。

古琴又称瑶琴、玉琴、七弦琴，在古代，于艺术一道上有杰出才能的人，往往会被众多附庸风雅的人追捧。特别是盛唐时期，政治稳定、经济发达、文化开放，还设立了专门的机构，在曲艺方面有了长足的进展。唐琴人可以琴待诏翰林，以琴师之名授琴为业，或以琴入权贵幕宾，不似宋代之后伶人地位低下。李颀《听董大弹胡笳声兼寄语弄房给事》中有“董夫子，通神明，深山窃听来妖精”，就是说董庭兰曲艺之高，而房琯听了董庭兰的琴声后“高才脱略名与利，日夕望君抱琴至”。房琯不为名利所约束，每日都期盼着能聆听董大的琴音。房琯是一位懂艺术的人，他和董庭兰之间的交流恰似高山流水遇知音，董庭兰奏高山，他能听出巍巍，董庭兰奏流水，他能听出洋洋。本诗情感的落脚点就在于知音之情，心有所通，何必在乎贫富贵贱呢？

哭李商隐二首 其二

唐·崔珏（？）

虚负凌云万丈才，一生襟抱未曾开。
鸟啼花落人何在，竹死桐枯凤不来。
良马足因无主踠，旧交心为绝弦哀。
九泉莫叹三光隔，又送文星入夜台。

|辑 评|

[清] 钱牧斋、何义门《钱何评注唐诗鼓吹》：“此其二，又玄取其一较有味。要之，有其一在前，则此篇反覆嗟惜亦自佳也。”

[清] 薛雪《一瓢诗话》：“崔珏以《鸳鸯》得名，而《哭义山》之作，亦是九原知己。”

赏读

唐宣宗大中十二年（858），李商隐在郑州亡故，年仅四十五岁。好友崔珏听得讣告，大悲而作《哭李商隐》二首。其一哭李商隐人才难得，其二哭李商隐人生不遇，本篇为第二首，较第一首传唱更广。

崔珏哀叹李商隐人生坎坷，怀才不遇，又极力赞美他的才华就好像凤凰一样光辉璀璨。《庄子·秋水》："夫鹓雏发于南海而飞于北海，非梧桐不止，非练实不食，非醴泉不饮"，而李商隐一旦逝去，花落、竹死、桐枯，再也没有凤来仪了。不遇伯乐，良马何用？不遇子期，伯牙何操？崔珏既伤怀于李商隐不能为掌权者所认可，也为自己失去知音而难过。尾句气势又起，将本诗的情感拉了一个回环，且与开头相应，夸赞李商隐之才高，炳耀千古，表达了对亡友的深切悼念。梅成栋说"后人无数挽词，未能出此"，但就情感而言，《江城子》悼亡独占鳌头，且《绿衣》更起挽词之首。崔珏此篇语言、感情都未必能排进前三，然而一句"虚负凌云万丈才，一生襟抱未曾开"便将崔珏悼李商隐推至前列，盖因一句话说尽李商隐平生，不是挚交必不能道此语。

题邻居

唐·于鹄（？）

僻巷邻家少，茅檐喜并居。
蒸梨常共灶，浇薤亦同渠。
传屐朝寻药，分灯夜读书。
虽然在城市，还得似樵渔。

|辑评|

［明］徐献忠《唐诗品》："鹄隐汉阳，多高人之意，故其诗能有景象。"

赏读

古人呼朋唤友，结伴出行，日暮而归。往往兴趣相投的友人会选择比邻而居，既是邻人，也是好友。于鹄此篇与其说是赠邻居，不如说是寄友人，描述了在日常生活中与友人亲密往来的画面。

诗人开篇直言自己所处的地域偏僻，应是位于城郊一带，人烟稀少，那么和诗人比邻而居的邻人就显得十分的可贵了。因为周围只有这几家的关系，所以邻居间来往也十分密切。不论是日常的农活，还是文人间的相互切磋，于鹄和邻居都是一起行动的。颔联和颈联写出了诗人和邻居间的具体活动，一则富有生活气息，另一则富有隐士雅趣，邻居都完美地满足了诗人对于朋友的期待。于鹄是立志过一种隐士般的生活的，所以说虽然在城市，但生活得和渔樵没什么区别。

全诗善用对比：安静和热闹，屋内和屋外，早上和晚上，一俗一雅，一显一隐。诗人将自己与俗世分得很开，而邻居无疑是被纳入在自己人的范畴内。吾等志趣高洁，友谊甚笃，诗人热爱这种生活，并感谢邻居的陪伴。

行路难五首 其五

唐·贺兰进明（？）

君不见东流水，一去无穷已。
君不见西郊云，日夕空氛氲。
群雁裴回不能去，一雁悲鸣复失群。
人生结交在终始，莫以升沈中路分。

| 辑 评 |

［唐］殷璠《河岳英灵集》："员外好古博达，经籍满腹，其所著述一百余篇，颇究天人之际。又有古诗八十首，大体符于阮公。又《行路难》五首，并多新兴。"

赏读

“君不见”句式为南朝鲍照首创，此后渐成风气。用此句式者，以抒发强烈的情感，如李白于《将进酒》《梁甫吟》《行路难》中所用“君不见”，仄声促韵，长句宛转，慷慨悲歌，一唱三叹。而将“君不见”化用进诗句，便很难保持固定格式，常常五六七言夹杂，这种手法多见于初盛唐时期歌行体诗词中，及后古诗转入律诗，逐渐弃用了。

贺兰进明的《行路难》组诗共五首，所咏主题相似，都是对于人生无常的感叹。本篇选取的第五首是关于友谊的，中心句便是最后一句“人生结交在终始，莫以升沈中路分”，之前三句写景都是为衬托最后一句而做的铺垫。水向东流一去不回，象征着人生没有反复，西郊的云聚散无常，也象征着人生多变。有群雁，就有独雁，都不过是人生某一阶段的状态。所以诗人先感慨人生，再点明要珍惜朋友，一段友谊要有始有终，不要因对方的失势或得势而变化。特别有意思的一点是，这一组《行路难》的中心点基本都落在最后一句，哪怕将前三句相互更换，也不改其意。贺兰进明之前还描述过云间月有阴晴圆缺，林下风意蕴无穷，岩下井深不及泉，山上蒿高于众木，以种种意象来比喻人生，人各有命，所以不必空自烦忧，与其愤愤不平，不如今朝有酒今朝醉，表现了诗人达观开明的生活心态。

壮士行

唐·鲍溶（？）

西方太白高，壮士羞病死。
心知报恩处，对酒歌易水。
沙鸿嗥天末，横剑别妻子。
苏武执节归，班超束书起。
山河不足重，重在遇知己。

|辑评|

［宋］晁公武《郡斋读书志》：“气力宏赡，博识清度，雅正高古，众才无不备具。”

赏读

鲍溶的这首《壮士行》尽显男儿本色，或者说军人本色，大丈夫生当如是，而其间的情谊已不单是个体的感受，而是群体众志之心，颇有《秦风·无衣》遗韵。

太白星，又名启明、长庚，是天亮时出现的第一颗星。太白星主杀伐，多以喻兵戎。西方又有西白虎之称，在五行中属金，其色为白。故此处的“太白”与“西方”连在一起，即比喻战事将起。而国家既有需要，士兵又怎敢不效死？诗人连用三个典故，荆轲歌易水以报燕太子丹的知遇之恩，从此“风萧萧兮易水寒，壮士一去兮不复还”，这是壮士的报国之志。苏武执节，是忠臣出使，宁死不屈，表达的是壮士的爱国之心。班超束书，认为大丈夫当效傅介子、张骞立功异域，以取封侯，是壮士欲建功立业的理想。鲍溶将一位士兵在从军前豪气万千的心理活动尽皆展露，鼓励男儿为国争光。尾句说“山河不足重，重在遇知己”，这里的知己情谊不仅是形容普通的友情，更是同袍之谊，同仇敌忾生死与共。诗人一篇《壮士行》，让人仿佛看到了从军路上，壮士们匆匆挥别家乡，前赴后继地奔赴战场的那种慷慨激昂的英雄主义气概。与子同袍，与子同泽，与子同裳！与子同仇，与子偕作，与子偕行！

送龚章判官之卫州·新及第

宋·司马光（1019—1086）

几砚昔年游，于今成十秋。
松坚终发石，鱼变即辞流。
近郡无飞檄，清时不借筹。
淇园春竹美，军宴日椎牛。

|辑 评|

[宋]苏轼《司马温公行状》:“其文如金玉谷帛药石也，必有适于用，无益之文，未尝一语及之。”

赏读

司马光有王佐栋梁之材，是杰出的政治家和文学家，但其文学天赋多在修史和从政上，“至于属文，实非所长”。司马光以文作诗，推崇的是文以载道，其诗词平实雅正，多抒发性情或人生感慨，虽失之流丽，但足够工巧。

宋仁宗宝元元年（1038），司马光二十岁便一举高中，从此步入仕林。龚章判官与司马光曾是昔年同窗，今又新及第，可推知此时龚章判官与司马光俱为青年，龚章判官被派往河南上任，司马光为之送行。

本篇层次性强，每联一转。一写同窗之谊，二写苦尽甘来，三写报国之志，四写风物之胜。司马光追忆年少时共同读书的场景，一张桌子上摆着一个砚台，勾勒出一幅学堂教室的画面，眨眼间我为官经年，而你遂愿登科。这十年间你孜孜不倦，终一举成名天下知。龚章被外放，授任河南一带，司马光又安慰道：不是不能够留在京城啊，而是清平之时王城太小不够你一展所长，凭你的才华，不如到广大天地中去干一番事业。卫州园林多竹筱，你将赴任的地方是多么的好啊，你在军中任判官，“丈夫相见且为乐，槌牛挝鼓会众宾”，当是其乐融融、战友情深。司马光送龚章，毫无愁情，只有对好友殷切的鼓励与深深的祝福。

和陶饮酒二十首其十九

宋·苏轼（1037—1101）

晁子天麒麟，结交未及仕。
高才固难及，雅志或类己。
各怀伯业能，共有丘明耻。
歌呼时就君，指我醉乡里。
吴公门下客，贾谊独见纪。
请作鹏鸟赋，我亦得坎止。
行乐当及时，绿发不可恃。

|辑 评|

[宋] 王直方《王直方诗话》："东坡在扬州和《饮酒》诗，只是如己所作。"

[清] 温汝能《和陶合笺》："先生天才纵逸，直抒胸臆，其蝉蜕埃盖之表，千载上真与渊明有独契焉。"

赏读

《和陶饮酒二十首》组诗作于宋哲宗元祐七年（1092），苏轼任龙图阁学士兼扬州知州时。苏轼因政见不合而被外放，人生开始走下坡路。其自序中说在扬州的这一段时间，“往往颓然坐睡”，“终日欢不足而适有余”，精神消沉，又恰逢友人纷纷离去，心中感怀不可言，故仿渊明《饮酒》二十首作诗和之，寄诗其弟苏辙和好友晁补之。

本篇是苏轼写给晁补之的劝诫之言。苏轼和晁补之的交情亦师亦友，晁补之尚且年少时，以《七述》一文得苏轼赏识。苏轼称其“文博辨隽伟，绝人远甚，必显于世”，由是知名。本篇诗人先赞美晁补之的高才，又看中友人的心境，但担忧和自己如此相像的朋友将会走上自己的老路，因不谄事权贵而被同僚排挤。苏轼以贾谊自比，贾谊自知大限将至，作《鹏鸟赋》感叹人生祸福无常，宣扬物我两忘，不惧生死的思想。苏轼被放逐后，仿效陶渊明“拂衣归田里”，也自命“知命不忧”，但恰是这种故作无谓的态度表明了苏轼心中仍有对现实的不满和对自己遭遇的不平。苏轼以此诗寄晁补之，就是希望自己喜爱的后生不要重蹈覆辙，体现了前辈对后辈谆谆教诲的情谊。

寄黄几复

宋·黄庭坚（1045—1105）

我居北海君南海，寄雁传书谢不能。
桃李春风一杯酒，江湖夜雨十年灯。
持家但有四立壁，治病不蕲三折肱。
想见读书头已白，隔溪猿哭瘴溪藤。

| 辑 评 |

[宋]陈模《怀古录》:“山谷‘桃李春风一杯酒，江湖夜雨十年灯’，尽言杯酒别又十年灯矣。同一机轴，此最高处。”

[清] 方东树《昭昧詹言》:“亦是一起浩然，一气涌出。五六一顿。结句与前一样笔法。山谷兀傲纵横，一气涌现。”

赏读

宋神宗元丰八年（1085），黄庭坚监德州德平镇，好友黄几复知四会县，一在山东，一在广东，天南海北，难以相见。黄几复，名介，为黄庭坚少年知交，二人情同兄弟，多有唱答往来。黄庭坚作此诗时，年岁已高，某日突然想起漂泊西南郁郁不得志的友人，寄诗以抒发思念之情。

《左传·僖公四年》言："君处北海，寡人处南海，惟是风马牛不相及也。"在古人看来，没有比天涯海角更远的了，北海南海一出，便是天各一方。更何况黄庭坚自跋诗云："几复在广州四会，予在德州德平镇，皆海滨也。"从地理位置上看，黄庭坚也确实在北海海滨，黄几复在南海海滨，相隔太远，二人已经许久没有联系。"桃李春风一杯酒，江湖夜雨十年灯"当作传世语。昔年青春年少，"何彼襛矣，华如桃李"，人生最美好的时光你我相伴；今沦落江湖，十年未见，李商隐还能问出"何当共剪西窗烛，却话巴山夜雨时"，我却只能守着孤灯残雨，不能对你说出相见的承诺。没有曾经的欢乐，就衬不出现在的凄凉，一喜一悲，人生不过如此。黄几复此时家中只有四壁，凭折肱才能治病，诗人痛心于老友所经历的坎坷，为友人抱不平。黄庭坚将此诗寄予友人，同悲古今文人的怀才不遇。

次元明韵寄子由

宋·黄庭坚（1045—1105）

半世交亲随逝水，几人图画入凌烟。
春风春雨花经眼，江北江南水拍天。
欲解铜章行问道，安知石友许忘年。
脊令各有思归恨，日月相催雪满颠。

|辑评|

［宋］杨万里《诚斋诗话》："春风春雨，江北江南，诗家常用。杜云'且看欲尽花经眼'，退之云'海水昏昏水拍天'。此以四字合三字，入口便成诗句，不至生梗。要诵诗之多，择字之精，始乎摘用，久而自出肺腑，纵横出波，用亦可，不用亦可。"

［清］方东树《昭昧詹言》："此诗足供揣模取法。"

赏读

宋神宗元丰四年（1081），黄庭坚兄长黄大临给时在筠州监盐酒税的苏辙寄诗一首："钟鼎功名淹管库，朝廷翰墨写风烟。遥知道院颇岑寂，定是壶中第几天。历下笑谈漫一梦，江南消息又余年。动心忍性非无意，吏部如今信大颠。"以贺苏辙从绩溪谪地还朝。此时，黄庭坚在吉州太和县为知县，听闻此诗，依其用韵也唱和了一首。黄庭坚兄弟与东坡兄弟在朝中政治立场相仿，私交也甚密，宋哲宗元祐八年（1093），同作为"元祐党人"的苏轼、苏辙、黄庭坚等人遭流贬，后又一同被启用。他们之间的友谊来自于紧密相连的仕途党派关系。

起始两句，非常夺人眼球。"半世交亲"一出，便有不尽的物是人非之感。凌烟阁是唐太宗名列有功之臣画像的纪念堂，是大部分追求建功立业的士子的最终梦想。而黄庭坚感慨的是庸庸碌碌半生，还未博得功名。春风春雨春花，江北江南江水，时光流逝，人世多艰，睹此情景，黄庭坚升起了退隐之意。潘岳《金谷诗》云："投分寄石友，白首同所归。"苏辙既是黄庭坚的忘年之交，也是志趣相投的金石之交，黄庭坚认为苏辙可以理解其心境，他们都有兄弟之思，也都饱尝仕途艰辛，如今白发已生，还不如早日归去。

三江小渡

宋·杨万里（1127—1206）

溪水将桥不复回，小舟犹倚短篙开。
交情得似山溪渡，不管风波去又来。

|辑 评|

［宋］周必大《跋杨廷秀石人峰长篇》："状物姿态，写人情意，则铺叙纤悉，曲尽其妙"。

赏读

三江小渡遗址在今吉水，即杨万里故居，故此诗应为杨万里在家乡所作。宋孝宗隆兴二年（1164），杨万里父亲患病，诗人回乡侍疾。同年八月，杨万里之父因病逝世，诗人居乡丁忧。本篇约作于隆兴二年至乾道二年期间，诗人在三江小渡口送友人远行。

诚斋诗便是极致的浅显直白、简洁明快，好似要将所有感情一并推至你的面前。钱钟书先生就曾评价诚斋善写生，如摄影之快镜。诗人善于把所有的景色、情感都融为一体，见之则扑面而来。

本篇明白如话，开头便写三江小渡口周围的环境，点明是送别场景，后两句又用比喻的手法，突出与友人交情之长，似乎毫无新意，只觉得通俗易懂。但细细看来，一首绝句之中，杨万里将所有的意象综合了。本诗主要说“交情”，“交情”是“山溪渡”呀，那么其他意象“溪水”“桥”“小舟”“短篙”“风波”又是什么呢？联系诗人出仕不久就遭父丧，在家丁忧三年，此刻友人也离他而去，那么本诗的前半片也可解读为：时光流逝，哪怕其间有坎坷，也一去不回头；我才华惊世又怎样呢？仍是身不由己，随波逐流。“风波”以喻往后可能会遇到的风风雨雨，诗人在送别时劝诫友人，因为世事多艰，希望这份友情能经得起风浪考验。本篇委曲细腻、流转圆美，言浅而意深。

昨日行

元 · 戴表元（1244—1310）

种树莫种垂杨枝，结交莫结轻薄儿。
杨枝不耐秋风吹，薄交易结还易离。
君不见昨日书来两相忆，今日相逢不相识。
不如杨柳犹可久，一度春风一回首。

| 辑 评 |

［清］顾嗣立《元诗选》："剡源诗律雅秀，力变宋季余习。"

赏读

戴表元，字帅初，一字曾伯，号剡源，宋末元初文学家。他首倡改革宋末学者萎靡风气，鼓吹“唐风”，为至元、大德年间东南文章大家第一人，人称江南夫子。戴表元诗歌主张宗唐得古，诗风清深雅洁，含蓄朴实，颇有唐人余韵。

本篇哀叹莫交小人。戴表元将那些轻薄的交情比作杨柳。种树呀，别种杨柳，结交呀，别交小人。杨柳枝软，随风飘逐，到了秋天又是落叶纷纷而下。就像那些没有坚定立场的萍水之交，一旦看你没有了利益可图，便毫不犹豫地抽身而去。哪怕昨天还是一副笑脸，今天就可故作不识。古人的“相逢不相识”是苏轼“犹胜相逢不相识，形容变尽语音存”，是释崇岳“相逢不相识，去后空相忆”，是汪莘“忆昔相逢不相识，如今同坐复同行”，感叹人生易变，交情永固，而戴表元则取其表义，刻画两面三刀的小人行径。诗人感慨薄交还是早早断绝的好，自己不是杨柳，不会被春风一吹就改变心意。人生有潮起潮落，只有始终坚定不移地支持你的才是值得结交的朋友。

别友

金·边元鼎（? ）

从来鸡鹤不同群，泾渭何人与细分。
镜里光阴谁念我，云中岐路已饶君。
清觞且吸年时月，白雪休徵梦里云。
别后相思不相见，水边黄叶暮山村。

| 辑 评 |

［金］元好问《边内翰元鼎小传》：“资禀疏俊，诗文有高意。”

赏读

边元鼎，字德举，天辅年间状元边贯道第三子，与兄元勋、元恕合称“三边”。年少颖悟，十岁能诗。边元鼎工诗文，著述颇丰，但大多亡佚，今存诗四十二首见于《中州集》，诗风恬淡安逸，意境开阔放达。

边元鼎的择友观并不是不论贤愚贵贱，而是只与自己一样的饱学之士相交。戴逵《竹林七贤论》：“嵇绍入洛，或谓王戎曰：‘昨于稠人中始见嵇绍，昂昂然若野鹤之在鸡群。’”名士腹有诗书气自华，处于凡人间，便好像一只野鹤立在了鸡群里，高下立见。《诗经·邶风·谷风》：“泾以渭浊，湜湜其沚。”泾河水清，渭河水浑，泾河的水流入渭河时，出现了一道明显的分界线，清浊分明。边元鼎将自己和友人比作鹤与泾，只有与自己相同的一类人才能理解自己，其他凡夫俗子，诗人不屑与之往来。因为友人将要离开，所以诗人叹息知己不再。此去一别，难再相见，但我也为你祝福，愿你前程似锦，一路顺风。边元鼎给予友人的是祝愿，留给自己的却是水边黄叶、山村日暮。我心愀然兮，为我独尝。

寄四明诸友

明·丁鹤年（1335—1424）

海上归期苦恨迟，归心日与海争驰。
故人有待吾衰矣，一寸寒灰万缕丝。

| 辑 评 |

［清］《四库全书总目》："好学洽闻，精诗律，自以家世仕元，赋诗情词悱恻。"

赏读

丁鹤年，明初十大孝子之一，武昌籍色目人，其父职马禄丁任武凸达鲁花赤（音译），在武昌做官，故改武昌籍贯。丁鹤年截取父亲名字中“丁”字为姓。元惠宗至正十二年（1352），元朝将亡，武昌被陷，丁鹤年携生母和嫡母逃往镇江，嫡母病逝后，又往浙东投奔从兄吉雅谟丁。几年后，浙东亦乱，农民起义军领袖方国珍“深忌色目人”，故“鹤年畏祸迁徙无常居”，漂泊于海岛上避祸，“旅食海乡为童子师”，生活困苦，在海边小渔村中寄居。本诗作于旅居已久，对海长叹，怀念故乡人情。

我在海上的这些年，什么时候才能还乡？我的归心一日胜过一日，就像那连绵的波涛，催促着我回家。家乡还有故人在等待着我，我却已经白了华发，这许多的愁绪燃烧成灰烬，不过一撮而已。

元朝实施“四等人制”，第一等级是蒙古人，其后依次分为色目人、汉人、南人三个等级。而元朝末年，起义四起，这种等级制度也将分崩离析。丁鹤年作为色目人，必然不能够融入起义军，一旦内乱，遭祸首当其冲。所以丁鹤年才避居海外，但常年的战火使其身无余财，隐居生活也过得十分艰辛。丁鹤年期盼着社会能早日安定，返回故乡重新生活，又因漂泊已久，形容自己是“一寸寒灰万缕丝”。诗人在这偏远之地生生熬干了心血，风僝雨僽，羞见故人。

送戚时望佥宪之湖广

明·王鏊（1450—1524）

逢君未久送君行，十载同窗几日情。
平狱旧推于定国，按刑新过汉阳城。
雁回千里书须寄，春到三湘草自生。
收拾楚材归药笼，湖南宾客总知名。

|辑 评|

[明] 邵宝《容春堂续集》：“济之诗萧散清逸，有王、岑风致。”

[明] 钱谦益《列朝诗集小传》：“诗不专法唐，于北宋似梅圣俞，于南宋似范致能，峭直疏放，于先正格律之外，自成一家。”

赏读

王鏊，字济之，号守溪。同一时代的人都对其推崇备至，马文升评价其“今世鲜其匹也，真宰辅器也”。王守仁赞其“王公深造，世未能尽也”，认为王鏊足谓“完人”。唐寅则赠联称其“海内文章第一，山中宰相无双。”这位出色的文学家、政治家，虽以经义见长，诗文也毫不逊色。王鏊继承了唐诗之风格、宋词之学实，熟用典故，诗风纯雅明畅。

本篇写同学之谊，王鏊送别昔日同窗赴湖广担任佥都御史。诗中多用双关，举西汉于定国之典暗喻友人治理有道，公正不阿。湖南湘乡、湘潭、湘阴为“三湘”，友人到那边上任，便像春天一样带给了湖湘生机。湖南的人才被称为楚材。惟楚有材，于斯为盛。友人像收拾药材一样，将这些人才都归纳到自己的药笼中去，所以座下宾客云集，象征友人将干一番大事业。王鏊和友人既是同学，也是同僚，面临分别，祝愿与鼓励同在。

遇旧友

清·吴伟业（1609—1672）

已过才追问，相看是故人。
乱离何处见，消息苦难真。
拭眼惊魂定，衔杯笑语频。
移家就吾住，白首两遗民。

|辑 评|

［清］沈德潜：“起语得神，与‘乍见翻疑梦’同妙。”

赏读

吴伟业历经明清易代，是明朝遗民中的代表者。顺治十年（1653），诗人被迫出仕，三年后才借奔母丧南归，隐居故里。然清廷淫威下，诗人辞官后也活得战战兢兢，时时担心清廷迫害。生活中“遭逢丧乱，阅历兴亡”给才华艳发、吐纳风流的吴伟业带去了“激楚苍凉，风骨遒上”的改变，吴诗本身就长于叙事，离乱之诗忍不住动人恻隐之心。

错过了才想起追问，仔细看竟发觉是故人。到处都是战乱，消息传来难分真假。我将激动的泪水擦去，强自稳定下心绪，举杯与朋友笑谈。请你搬到我家附近来住，两个白了头发的遗民凑作一堆。

亡国之民，或改朝换代后不仕新朝的人被称作“遗民”，如伯夷、叔齐隐居首阳山不食周粟。这样一批文人怀抱着对旧有秩序的坚持，便是所谓的文人气节。以身殉国，何等壮烈！但留下来保存道统的一批人，挣扎在乱世中，只为衣冠文物不毁，亦是可歌可泣。吴伟业记述一件遇旧友之事，难得在于将遇见时的惊、喜、悲、愁几个阶段的感情一一展现。初见时的惊，得知好友无恙的喜，世态动荡的悲，生活所迫的愁，最后感情转为平淡，欲与幸存的朋友结庐而居。因为在这世上啊，恐怕只有你才能理解我的亡国之痛，诗人希望有一位知心人能同其一起缅怀故国，吴伟业不仅是遇旧友，还遇上了自己与曾经的维系。

赠袁枚

清·郑燮（1693—1765）

晨星断雁几文人，错落江河湖海滨。
抹去春秋自花实，逼来霜雪更枯筠。
女称绝色邻夸艳，君有奇才我不贫。
不买明珠买明镜，爱他光怪是先秦。

| 辑 评 |

［清］李鳝《楹联丛话》："三绝诗书画，一官归去来。"

赏读

“文人相轻，自古而然”。郑燮与袁枚皆是清乾隆朝江苏文坛中执牛耳者，二人二十多年不曾碰面，直到乾隆二十三年（1758），卢雅雨举办第三次红桥雅集，广邀文士，这两位才得以相见。袁枚当面赞道：“郑虔三绝闻名久，相见邗江意倍欢。”郑燮即作本诗回应，“君有奇才我不贫”，同样夸赞袁枚才高风流。表面上其乐融融，私下里却竞相比拼。郑燮自矜诗文与大家吴嘉纪“不甚相让”，“颇有自铸伟词者”，袁枚《诗话》却说“板桥深于时文，工画，诗非所长”。郑燮又自得于“善书法，自号‘六分半书’”，袁枚在《与庆晴村都统书》中说板桥书法不过是“野狐禅也”。

优秀的文人不过就那么几位，像晨星断雁般，散落各地。时光流逝，花落结果，霜雪覆下，竹子枯萎。风流如你，家有人人称羡的美妾，你才华高崛，而我也未必不如你。你不爱俗物爱古物，特别是先秦的光怪陆离令你倾囊收藏。

历史记载郑燮与袁枚相交寥寥，但郑燮却知道袁枚性子风流，且喜好收集古董，这些私人的爱好除非相处已久，又哪是那么容易得知的呢？没有探听过对手的生活，又怎么出言调侃呢？没有通读过对手的诗文，哪知道从何攻讦呢？有声气相投的朋友，就有声气难投的朋友，郑燮与袁枚就是这样一双对手吧。

小磨诗坊·友谊

词

渔家傲·和程公辟赠

宋·张先（990—1078）

巴子城头青草暮，巴山重叠相逢处。燕子占巢花脱树。杯且举，瞿塘水阔舟难渡。

天外吴门清霅路，君家正在吴门住。赠我柳枝情几许。春满缕，为君将入江南去。

| 辑 评 |

［清］陈廷焯《词则·别调集》：“笔意高古。情必深，语必隽。”

赏读

北宋皇祐四年（1052），张先以屯田员外郎知渝州，同是江南人的程师孟任夔州路提点刑狱，二人皆在四川做官。第二年，张先离任，程师孟送别张先作“折柳赠君君且住”，张先则回以本词。

《渔家傲》词牌亦是曲牌，多见于南曲，“神仙一曲渔家傲”，作《渔家傲》词者，必有音乐功底。张先此篇道别友人程师孟，颇似巴蜀民歌竹枝词，读来回环动人，可以在分别时作为离歌演唱。“巴山楚水凄凉地”，古时四川并不是天府之国，且因为其地势险峻而被视为流放之地。张先与友人在此为官，等同于贬谪，所以这一对难兄难弟在这几年可谓患难之交。本篇先写巴山地貌，以穷山恶水突出他乡遇故知的可贵。再写故地风光，诗人先一步回乡，带着友人赠予的柳枝一同上路，将巴蜀的柳带回江南，就好像伴着朋友的化身一同回家。诗人言说江南风景依旧，以慰友人乡愁，词间却回荡着自己独自离开的惆怅迷惘，明明期盼着早日乘船顺流而下，却在离别时一步一回首。

浪淘沙

宋·欧阳修（1007—1072）

把酒祝东风，且共从容。垂杨紫陌洛城东。总是当时携手处，游遍芳丛。

聚散苦匆匆，此恨无穷。今年花胜去年红。可惜明年花更好，知与谁同？

|辑 评|

俞陛云《唐五代两宋词选释》："因惜花而怀友，前欢寂寂，后会悠悠，至情语以一气挥写，可谓深情如水，行气如虹矣。"

赏读

宋仁宗天圣九年（1031），欧阳修任职西京留守钱惟演幕下，春季经过洛阳，与梅尧臣、尹洙等结为至交。同年秋，梅尧臣调河阳主簿，二人分别。明道元年（1032）春，欧阳修再至洛阳，与旧友梅尧臣故地重游，写此词以表达伤时惜别，人生聚散无常的感叹。

宋代作品的一个特点就是常充满着对人生哲理的思辨意味，宋诗宋词多感慨人生之句。欧阳修时隔一年重返洛阳，与友人在洛阳城东相聚游玩，不禁想起了去年初识的场景。在同一地游赏，心境却大不相同。这次相聚匆匆，是诗人的一次短期“出差”中的会面，看着似曾相识的景致，思去年同游之乐，又忆起很快就要分别，难免在欢聚时带出一股离愁。但欧阳修从容把酒祝东风，颇似程颢《秋日偶成》：“闲来无事不从容，睡觉东窗日已红。万物静观皆自得，四时佳兴与人同。”都是“从容”，但却一动一静。程颢的“从容”是闲适自在，万物自得于心；欧阳修的“从容”是心胸阔达，不为外物所牵。哪怕不舍，也只不过叹息一句“可惜明年花更好，知与谁同？”明年的春光我可能不能与你共赏，但不论我身处何处，我们的友谊都不会改变。全词婉丽疏放，情感如水直下，一气呵成，欧阳修与梅尧臣之情谊唯君子能有。

虞美人·有美堂赠述古

宋·苏轼（1037—1101）

湖山信是东南美。一望须千里。使君能得几回来？便使樽前醉倒、更徘徊。

沙河塘里灯初上。水调谁家唱？夜阑风静欲归时。惟有一江明月、碧琉璃。

| 辑 评 |

[宋] 傅干《注坡词》："陈述古守杭，已及瓜代，未交前数日，宴僚佐于有美堂。侵夜月色如练，前望浙江，后顾西湖，沙河塘正出其下，陈公慨然，请贰车苏子瞻赋之，即席而就。"

赏读

宋神宗熙宁七年（1074），苏轼任杭州通判，杭州太守陈襄将调往南京，设宴于杭州城吴山有美堂，席间苏轼作此词。

杭州湖山俱美，当称东南第一，在吴山上一眼望去，千里美景尽收眼底。使君此去，何时能回？还不如此刻尽情纵酒，醉倒后多停留一会儿。沙河塘人群熙熙攘攘，华灯初上，谁家在唱着《水调》？夜色深沉，风止树息，我们归去时，只见明月下，钱塘水碧如琉璃。

全篇写景，正如柳永写杭州千古名句“东南形胜，三吴都会，钱塘自古繁华。烟柳画桥，风帘翠幕，参差十万人家”，以杭州之繁华衬托出友人离去的不舍。东南之景，杭州当夸第一，苏轼借宋仁宗送梅挚诗“地有湖山美，东南第一州”引出陈襄设宴之处有美堂。词人等人在此饮宴，居高临下饱览山水之秀美，思及友人改迁别地，不由纷纷劝酒挽留。“醉倒更徘徊”突出了宴席上的热闹气氛，可杯盘狼藉后，听到《水调》曲，幽幽咽咽，声韵悲切，情感转而为悲。等到宴会结束，众人相互搀扶着下山时，情感再一转。月下江水如平湖，波澜不兴，碧光如镜，引得人心也一片平静。本篇完整描绘了整个送别宴会的过程，情感由放达到欢乐到哀伤再到宁静，表现出朋友在面临分别的留恋之意，以及苏轼与陈襄间友情的纯洁深挚。

八声甘州·寄参寥子

宋·苏轼（1037—1101）

有情风、万里卷潮来，无情送潮归。问钱塘江上，西兴浦口，几度斜晖。不用思量今古，俯仰昔人非。谁似东坡老，白首忘机。

记取西湖西畔，正暮山好处，空翠烟霏。算诗人相得，如我与君稀。约他年、东还海道，愿谢公、雅志莫相违。西州路，不应回首，为我沾衣。

| 辑 评 |

[清] 郑文焯《手批东坡乐府》：“突兀雪山，卷地而来，真似钱塘江上看潮时，添得此老胸中数万甲兵，是何气象雄且杰！妙在无一字豪宕，无一语险怪，又出以闲逸感喟之情，所谓骨重神寒，不食人间烟火气者。词境至此，观止矣！”“云锦成章，天衣无缝，是作从至情流出，不假熨帖之工。”

赏读

宋哲宗元祐六年（1091），苏轼任杭州知州，应召还京，作此词赠予参寥子。参寥子即是僧人道潜，苏轼杭州任上结识当时居于智果精舍中的道潜，道潜坐而赋诗，苏轼赞其“诗句清绝，可与林逋相上下，而通了道义，见之令人萧然”，遂结为忘形之交。苏轼贬谪黄州后，道潜千里相从，陪伴其一年有余。后苏轼贬居海南，道潜亦打算渡海相随，被苏轼写诗劝阻乃止。张邦基《墨庄漫录》甚至记载道潜本名昙潜，是苏轼改为今名。

诗人感慨人生无常，有情无情都如潮水，古今易变，物是人非。又叹年华已逝，东坡老矣，看穿是是非非，心中淡泊，再无名利之心。苏轼本已超然物外，却没有忘记和朋友的情谊。诗人怀念昔日与友人在钱塘江上、西兴浦口、西湖西畔等地一同游赏的美好时光，和朋友约定了要一同归隐，承诺自己绝不像谢安那样，病死于西州门，未能实现归隐的“雅志”，让道潜如羊昙素为其泪洒西州路。全篇语言清淡平实，意境超旷闲逸，以苏子至情至性写就。

阮郎归

宋·晏几道（1038？—1110？）

天边金掌露成霜，云随雁字长。
绿杯红袖趁重阳，人情似故乡。
兰佩紫，菊簪黄，殷勤理旧狂。
欲将沉醉换悲凉，清歌莫断肠。

辑评

[清] 况周颐《蕙风词话》：“‘绿杯’二句，意已厚矣。‘殷勤理旧狂’，五字三层意思：狂已旧矣，而理之，而殷勤理之，其狂若有甚不得已者。”

陈匪石《宋词举》：“此在《小山词》中，为最凝重深厚之作，与其他艳词不同。”

赏读

晏殊、晏几道父子皆善词，工于言情，诗风浓挚深婉，世称“二晏”。晏殊死后，生于富贵温柔乡的晏几道经历了家道中落、仕途不顺、人情冷暖，词作由真率走向深沉，思想内容比晏殊词更为深刻。冯煦《宋六十一家词选》评价:“淮海、小山，古之伤心人也。其淡语皆有味，浅语皆有致，求之两宋，实罕其匹。”晏几道能作伤心语，本篇即是其伤怀代表作。

晏几道作此词时居于汴京，又逢重阳佳节，应友人之邀前去赴宴。宴上觥筹交错、软玉温香，令诗人不禁想起了曾经自己钟鸣鼎食的生活，衬着如今的落魄潦倒，更是令人心酸。重阳节本该出游赏秋、登高远眺、插茱萸、饮菊酒，是阖家团圆的节日，但诗人却写雁飞云长，乡音不传。诗人值得思念的亲人已经不在，只能流落于朋友的宴会上，借以回忆曾经的欢乐时光。宴席上，友人递给晏几道紫兰和黄菊劝其佩戴，诗人笑着接过，“殷勤”而“理”。笑容下却是这些年坎坷抑郁，连酒都浇不息的悲凉。晏几道几度辗转，心态被磨砺得沧桑沉重，哪怕歌乐事，也掩不住凄凉苦楚。明明感念朋友之谊，也只能强颜欢笑，读来令人悲戚。

好事近

宋·吕渭老（？）

飞雪过江来，船在赤栏桥侧。惹报布帆无恙，著两行亲札。

从今日日在南楼，鬓自此时白。一咏一觞谁共，负平生书册。

辑评

［宋］赵师秀《圣求词序》："圣求词，婉媚深窃，视美成、耆卿伯仲。"

赏读

吕渭老，一作吕滨老，字圣求，南渡文人之一。其早期作品风格多秀婉明丽，南渡后，以写忧国诗词出名，“讽咏中率寓爱君忧国意”。本篇作于南渡后，吕渭老传平安信给友人，表达南渡后的悲凉萧索。

吕渭老于寒冬季节，趁着大雪渡江，暗示了靖康之乱后的动荡局势，逼迫得大批文人南下以逃避战火。赤栏桥位于安徽合肥，说明吕渭老作此篇时并不是飞渡长江后就给朋友报平安，而是一直奔波到安定之地，整顿下来后才整书回传，可见由北到南的这一段路程是马不停蹄地迁徙，显出事态紧急。据《晋书·顾恺之传》记载，殷仲堪借布帆给顾恺之，顾恺之途经破冢时遭遇大风，回信给殷仲堪说：“行人安稳，布帆无恙”。以后沿用“布帆”指代旅途平安。吕渭老回信给友人,令其不要担忧自己。下阕写在南地生活——以后就长居南方，再不能回还；与友人分隔两地，无人相知；平生所学，尽皆成空——想到此处，不禁令词人愁白了头发。我流亡到南地，就没有想到有再回去的可能了。南宋偏安，不思进取，将北地白白沦丧，我空有报国志，却不能力挽乾坤，在这南方苟且偷安，消磨志气。写信给你，望他日有幸重聚时，别怪罪我这番可怜态。两行为一信，词中载满吕渭老亡国之悲。

琴调相思引·送范殿监赴黄冈

宋·贺铸（1052—1125）

终日怀归翻送客，春风祖席南城陌。便莫惜离觞频卷白。动管色，催行色；动管色，催行色。

何处投鞍风雨夕？临水驿，空山驿；临水驿，空山驿。纵明月相思千里隔。梦咫尺，勤书尺；梦咫尺，勤书尺。

|辑 评|

［宋］黄朝英《缃素杂记》：“所谓卷白波者，盖卷白上之‘酒波耳，言其饮酒之快也。’”

［宋］王直方《王直方诗话》：“平淡不涉于流俗，奇古不邻于怪僻，题咏不窘于物义，叙事不病于声律，以兴深者通物理，用事工者如己出，格见于成篇浑然不可镌，气出于言外浩然不可屈。”

赏读

《琴调相思引》原作琴曲，正式成为词牌自周邦彦而始，但最先填此曲的应为贺铸。贺铸写两篇《琴调相思引》，并不完全遵从词曲格律，一咏三叹，以参差不齐之句结尾，在宋词中极为罕见。

词风“雍容妙丽，极幽闲思怨之情”的贺铸有一副耿介的心肠，入仕后也刚直不阿，因而一生郁郁不得志。本篇作于送范殿监赴黄岗上任前，贺铸羁宦天涯，身边的友人又要离去，正是“客中送客”，愁中更愁，将羁旅愁思和思乡怀友之情融成一句，开篇便有不尽的伤怀之意。及后词人又写送别场景，用一句劝酒词带过了分别之事，芦管幽幽，如泣如诉，“动管色，催行色”的一再重复，深化了离人的惆怅。

下阕想象友人将往何方，是否是水驿空山？是否会感到孤寂？故词人表示和对方友谊不绝，“梦咫尺，勤书尺”的重复凸显出贺铸殷殷叮嘱友人要多多来信，彼此记挂心头就可在梦中时常相见。本篇叠句的运用十分巧妙，仿照的是古歌谣词的用法，在演唱中一唱三叹、回环往复，就像歌词中副歌的重复唱法，以增强气势，拉长语调，贺铸说送别之事，着重抒发词人低回婉转的离情。

浣溪沙·和无咎韵

宋·陆游（1125—1210）

懒向沙头醉玉瓶，唤君同赏小窗明。夕阳吹角最关情。

忙日苦多闲日少，新愁常续旧愁生。客中无伴怕君行。

|辑 评|

俞陛云《唐五代两宋词选释》："首二句委婉有致。'夕阳'句于闲处写情，意境并到。'忙日''新愁'二句真率有唐人诗格。结句乃客中送客，人人意中所难堪者，作者独能道出之，殆无咎将有远行也。"

赏读

韩元吉，字无咎，其与陆游相交一生。宋孝宗隆兴二年（1164），韩元吉新上任鄱阳守，从江西来镇江省亲，陆游时任镇江通判，二人在镇江相聚两月，期间彼此唱和的诗词约有三十余首，据说曾合集刊刻，但惜未流传下来。陆游《京口唱和序》“问朋俦，览观江山，举酒相属甚乐”中便是描写自己这段时间与韩元吉交往的情景。陆游自咐：“呜呼！风俗日坏，朋友道缺，士之相与如吾二人者，亦鲜矣。”正是形容其与韩元吉相交之密。本篇应作于乾道元年（1165）正月，韩元吉将赴任江东转运使，陆游为其送行。

词题表明本词是陆游应和韩元吉词而作，原唱今已亡佚，且从陆游词中窥见韩元吉向好友告别的意味。全篇围绕着“客中无伴怕君行”展开，因为友人将要离开，所以词人忙不迭地将人唤来，一起度过最后一段悠闲的时光。在此前两个月里，二人一起游山玩水，举酒唱和，好不逍遥快活。临行分别，却只邀友家中，对立闲坐，漫道家常。虽然陆游说是“忙日苦多闲日少”，但其实只不过是感慨快乐的时光总是短暂的。哪里又有什么旧愁呢？不过是友人将别，新愁叠新愁。上阕景中抒情，下阕客中送客，尽是不舍。

洞仙歌·丁卯八月病中作

宋·辛弃疾（1140—1207）

贤愚相去，算其间能几。差以毫厘缪千里。细思量义利，舜跖之分，孳孳者，等是鸡鸣而起。

味甘终易坏，岁晚还知，君子之交淡如水。一饷聚飞蚊，其响如雷，深自觉、昨非今是。羡安乐窝中泰和汤，更剧饮，无过半醺而已。

|辑 评|

［宋］刘克庄《辛稼轩集序》："大声鞺鞳，小声铿訇，横绝六合，扫空万古，自有苍生以来所无。其秾纤绵密者，亦不在小晏、秦郎之下。"

赏读

宋宁宗开禧二年（1206），辛弃疾接到绍兴府知府兼浙江东路安抚使的任命，推辞未去，十二月又改为陵兴知府，诏令回京奏事，又升任为兵部侍郎。然而此时辛弃疾年老力衰，力不从心。开禧三年（1207）八月，归居铅山的辛弃疾染疾，九月，尚未接到枢密院都承旨的调疏，辛弃疾因急病去世，此篇《洞仙歌·丁卯八月病中作》为临终词。

辛弃疾这位“醉里挑灯看剑，梦回吹角连营”的战士到了晚年，词中关于人生的感慨更多了。本篇写词人晚年的生活态度，告诫世人如何分辨贤愚，特别是小人之交与君子之交的区别。贤愚以义利分，为义则贤，为利则愚。《庄子·山木》：“君子之交淡若水，小人之交甘若醴；君子淡以亲，小人甘以绝。”郭象注：“无利故淡，道合故亲。”故辛弃疾认为的君子之交与小人之交以义利区分，君子之交不存利益所以才平淡如水，志同道合所以才亲密无间，小人之交因为有利益存在才会心口不一，在没有好处的时候毫无羞耻地断交。时光和疾病没有磨去辛弃疾的棱角，在词人心中，这个世界是非黑即白的，诗人赞美为义的贤者，痛斥那些唯利的小人。可诗人纵有杀敌之心，无回天之力，及至晚年也只能在安乐窝中沉醉于泰和汤。辛弃疾世事洞明，看穿的是人心，看不穿的也是人心。

满江红　送李正之提刑入蜀

宋·辛弃疾（1140—1207）

蜀道登天，一杯送、绣衣行客。还自叹、中年多病，不堪离别。东北看惊诸葛表，西南更草相如檄。把功名、收拾付君侯，如椽笔。

儿女泪，君休滴。荆楚路，吾能说。要新诗准备，庐江山色。赤壁矶头千古浪，铜鞮陌上三更月。正梅花、万里雪深时，须相忆。

| 辑 评 |

［明］卓人月《古今词统》："诸葛表与相如檄，俱切蜀事。"

［清］陈廷焯《词则·放歌集》："气魄之大，突过东坡，古今更无敌手。其下笔时，早已目无余子矣。龙吟虎啸。"

赏 读

宋孝宗淳熙十一年（1184），辛弃疾因“凭陵上司，缔结同类”罢居上饶，好友李正之当时是驻信州的提点坑冶铸钱公事。是年冬，李正之改任利州路提点刑狱使，将赴任四川，稼轩作此词送行。

蜀道之难，难于上青天！李正之将入蜀为官，辛弃疾送行词取“蜀道”开篇，将气势猛然拔高。其后顿下，低迷伤感中叹年衰多病，禁不起离别，经历了太多的词人又将送一位友人离开，故情难自已。然后气势再起，诸葛亮北伐曹魏，作《出师表》铿锵有力，司马相如《喻巴蜀檄》赫赫煌煌，词人咏叹友人才学堪比古人，大笔如椽，可以文字激起士气，此去巴蜀当有一番大作为。下阕再说不要为离别悲泣，我国大好河山你还未看尽。这一路上，庐江山色、赤壁拍浪、铜鞮明月足以畅叙幽情，将诗寄我，就好像我伴着你一路游赏这些名胜。此时冬季雪深，万物凋零，也掩埋不了我和你的情谊。本篇感情一波三折，最终回归激昂之调。离别本是苦事，辛弃疾却以祖国山河之美来安慰友人，鼓励友人在任上励精图治、再创佳绩，爱国情谊和深厚友谊交织在一起，显出辛弃疾高贵的品性和阔达的胸襟。

沁园春

宋·刘过（1154—1206）

寄辛承旨。时承旨招，不赴。

斗酒彘肩，风雨渡江，岂不快哉。被香山居士，约林和靖，与东坡老，驾勒吾回。坡谓西湖，正如西子，浓抹淡妆临镜台。二公者，皆掉头不顾，只管衔杯。

白云天竺飞来，图画里、峥嵘楼观开。爱东西双涧，纵横水绕；两峰南北，高下云堆。逋曰不然，暗香浮动，争似孤山先探梅。须晴去，访稼轩未晚，且此徘徊。

|辑 评|

［宋］俞文豹《中吴纪闻》："稼轩帅越，招改之，不去，而寄《沁园春》曰：'斗酒彘肩'云云。此词虽粗刺而局高，与三贤游，固可眇视稼轩，视林、白之清致，则东坡所谓'淡妆浓抹'已不足道。稼轩富贵，焉能浼我哉！"

［宋］黄升《中兴词话》："刘改之，豪爽之士。辛稼轩帅越刘寓西湖，稼轩招之，值雨，答以《沁园春》词，甚奇伟。"

赏读

宋宁宗嘉泰三年（1203），刘过在中都，辛弃疾任浙东安抚使，听闻刘过姓名，邀请其到绍兴府相会，刘过因事无法赴约，便在杭州效仿辛弃疾《沁园春》写了一首词以回寄。

《史记·项羽本纪》记载项王赐樊哙斗酒彘肩，樊哙不辞，坐而饮食之。辛弃疾邀请刘过，刘过本不该辞，可无奈有事牵绊，难以赴约。但刘过给出的理由也十分有趣，我不能来，是因为我被白居易、林逋和苏东坡绊住了呀。苏东坡说，西湖如西施般美丽，对镜梳妆，淡妆浓抹总相宜。白居易和林逋只顾着喝酒，不置一言。白居易说，灵隐天竺寺风景如画，寺庙巍峨，最爱的是东西双涧，水流交错，南山北山，云雾缭绕。林逋说，这些都不是最美，幽幽香气传来，最妙的不过于孤山寻梅。我沉醉于此，更兼之此刻有风雨，不如等天气放晴了再访你不迟。刘过以诙谐的语言，构筑了三贤齐游的想象空间，回辛弃疾词中既有表达不能应邀的歉意，也说明了自己有事挂碍，留驻杭州的遗憾，令稼轩莞尔一笑。

声声慢·别四明诸友归杭

宋·张炎（1248—1319）

山风古道，海国轻车，相逢只在东瀛。淡泊秋光，恰似此日游情。休嗟鬓丝断雪，喜闲身、重渡西泠。又溯远，趁回潮拍岸，断浦扬舲。

莫向长亭折柳，正纷纷落叶，同是飘零。旧隐新招，知住第几层云。疏篱尚存晋菊，想依然、认得渊明。待去也，最愁人、犹恋故人。

| 辑 评 |

[清] 高亮功《山中白云词》：“前段叙四明归杭，后段叙别。‘旧隐’四句，一愁一喜，确是久客将归心事。一‘晋’字书法，显然知玉田人品高不可及。”

赏读

浙江宁波西南，有山自天台发脉，四面如窗，中通日月星辰之光，故称四明山。古来四明为文人墨客雅集之所，四明诸友，便是诗人于四明山附近结交的朋友。元成宗大德二年（1297），张炎逃避战祸，流落到浙江宁波一带，隐居在四明山附近，本篇作于其离开鄞县返回杭州之时。

张炎在回乡之前与诸友道别，在山中隐居的这段时光是和朋友们一起度过的，如今打包行囊，于清淡委婉中抒发哀怨之情。词人夹叙夹议，上阕说自己喜归乡，下阕感叹世道志气不存。张炎此时五十多岁，已经是位老人了，人老了就想落叶归乡，所以才会那么迫不及待地向往西泠桥，连听到潮水声都想象着是故乡对游子的召唤。先写情，再述志。张炎为了不仕元朝，藏匿于山间多年，而有的原本在山中的隐士却贪慕荣华富贵，出山为元人做事。词人以陶渊明自比，以喻自己高洁的情操，唾弃小人毫无晋之风骨。在临行前，张炎以此词寄友，以示不改初衷。

南乡一剪梅·招熊少府

元·虞集（1272—1348）

南阜小亭台，薄有山花取次开。寄与多情熊少府，晴也须来，雨也须来。

随意且衔杯，莫惜春衣坐绿苔。若待明朝风雨过，人在天涯，春在天涯。

|辑 评|

[清] 沈德潜《说诗晬语》："虞、杨、范、揭四家诗品相敌。中又以汉廷老吏为最。"

赏读

元代诗词名家数量虽远不及唐宋，但其中也有好手，以元好问为大宗，其后紧紧跟着虞、杨、范、揭。“元诗四家”中，虞集毫无争议地当推首位，诗词流畅宛转、典雅精切，颇似放翁诗意。

本篇作于虞集晚年回乡后，某日恰逢友人，便愉快地约定好要到词人家附近游赏。附近无甚名胜景观，只有南丘上的一个小亭子还颇雅致有趣，于是随意地将约定地点定在那儿了，足可见诗人和友人相处氛围的熟稔自在。寄语的是多情的熊少府，熊少府年纪应比诗人小得多，故诗人以调侃的语气称其风流多情。先是“寄语”，后又特别嘱咐道“晴也须来，雨也须来”，不论晴雨，我都想和你相见，诗人思念友人之心可见一斑。下阕是词人凭空想象自己和友人欢聚的场景，在春光烂漫的郊外随意地坐着，谈笑饮酒，共赏春光。如果此时不饮酒作乐，而是等到风雨过后，那时你可能又要因工作离我而去，况且被雨打过的山花又怎会有之前的好景致呢？一篇之内，先写景，再抒情，既有写友谊之真挚，也有惜时光之难得，语言通俗平易、清新自然。

金缕曲二首 其一

清·顾贞观（1637—1714）

寄吴汉槎宁古塔，以词代书。丙辰冬寓京师千佛寺，冰雪中作。

季子平安否。便归来，平生万事，那堪回首。行路悠悠谁慰藉，母老家贫子幼。记不起，从前杯酒。魑魅搏人应见惯，总输他，覆雨翻云手。冰与雪，周旋久。

泪痕莫滴牛衣透，数天涯，依然骨肉，几家能够。比似红颜多命薄，更不如今还有。只绝塞，苦寒难受。廿载包胥承一诺，盼乌头马角终相救。置此札，君怀袖。

| 辑 评 |

[清] 陈廷焯《白雨斋诗话》：“华峰《贺新郎》（《金缕曲》原名）两阕，只如家常说话，而痛快淋漓，宛转反复，两人心迹一一如见，虽非正声，亦千秋绝调也！”

赏读

顺治十四年（1657），吴兆骞无辜被卷入丁酉科场案，被流放至宁古塔。当时与他齐名的好友顾贞观承诺必定会全力营救，十多年过去了，顾贞观不曾放弃誓言，却求助无门。康熙十五年（1676）冬，顾贞观寓京师千佛寺，又想起了在冰天雪地中受苦的友人，悲而作《金缕曲》二首以词代书信寄之，这两首词被纳兰明珠之子纳兰容若看到了，深受感动，决定帮助顾贞观营救好友,同时也和了一首《金缕曲》给顾贞观："绝塞生还吴季子，算眼前此外皆闲事。"当时明珠任太傅，有其应允，顾贞观很快就凑齐钱将吴兆骞赎回来。时人因此称顾贞观的两阕词为《赎命词》，亦有人作诗云："金兰倘使无良友，关塞终当老健儿。"

顾贞观以词代书另辟蹊径，开篇问是否安好，结尾再次收笔问候，都是书信体的典型格式。顾贞观人在京师，冬天尚觉寒冷，更何况是身在边塞不毛之地的友人呢？上阕写吴兆骞苦难之深，下阕转为安慰，至少还留得性命，至少还骨肉团圆。词人连用两典，申包胥哭庭七日，发誓存楚，燕太子丹待得乌鸦头白、马生角乃还故国。顾贞观从来没有忘记当初的诺言，无论如何都会想办法救朋友回来。心意坚定，矢志不移，读之"使人增朋友之重，可以兴矣"。

金缕曲二首其二

清·顾贞观（1637—1714）

我亦飘零久，十年来、深恩负尽，死生师友。宿昔齐名非忝窃，只看杜陵穷瘦，曾不减、夜郎僝僽。薄命长辞知己别，问人生到此凄凉否。千万恨，为君剖。

兄生辛未吾丁丑，共些时，冰霜摧折，早衰蒲柳。词赋从今须少作，留取心魂相守。但愿得、河清人寿。归日急翻行戍稿，把空名料理传身后。言不尽，观顿首。

|辑评|

［清］陈廷焯《白雨斋诗话》："二词纯以性情结撰而成，悲之深、慰之至，丁宁告戒，无一字不从肺腑流出，可以泣鬼神矣！"

赏读

《金缕曲》二首其一写友人吴兆骞的苦恨，第二首重在写顾贞观与友人的交情。纳兰容若读后泪下数行，道："河梁生别之诗，山阳死友之传，得此而三！"将顾贞观《金缕曲》与记叙李陵同苏武的《河梁生别诗》、向秀怀念嵇康的《思旧赋》相提并论，可见顾贞观词中情感的厚重深沉，感人至深。

本篇从顾贞观自己的角度落笔，顾贞观和吴兆骞亦师亦友，也是生死之交，文坛地位一同齐名，现实中也像李白杜甫那样相交莫逆。顾贞观告诉友人：这些年你过得不好，我也不比你强到哪去，我最亲密的妻子和友人都不在身边，独留一人心伤。作此词时，词人和朋友本是年富力强的年纪，心却如老朽，被现实生活过早地摧折了。诗人以自身境况来安慰友人，至少还有人陪着你有难同当来稍许减轻被放逐的悲痛。本篇结尾写诗人强笑着调侃友人将会手忙脚乱地整理诗稿，表现出顾贞观坚信友人将会回来，从不曾气馁的心态。当年的丁酉科场案，是狱蔓延，几及全国，株连之广，死事之惨，难以想象。而吴兆骞最后竟能绝塞生还，从"绝塞"便知没有顾贞观的不懈努力，绝不可能有吴兆骞的一线生机。梁令娴评"昔人交谊之重如此"，穷途救友，可谓奇迹。

金缕曲·赠梁汾

清·纳兰容若（1655—1685）

德也狂生耳！偶然间、缁尘京国，乌衣门第。有酒惟浇赵州土，谁会成生此意。不信道、遂成知己。青眼高歌俱未老，向尊前、拭尽英雄泪。君不见，月如水。

共君此夜须沉醉。且由他、娥眉谣诼，古今同忌。身世悠悠何足问，冷笑置之而已！寻思起、从头翻悔。一日心期千劫在，后身缘、恐结他生里。然诺重，君须记。

辑评

［清］王国维《人间词话》：“纳兰容若以自然之眼观物，以自然之舌言情。”

赏读

纳兰容若和顾贞观的友谊始于师生关系。康熙十年（1671），顾贞观受同僚排挤落职归乡。康熙十五年（1676），纳兰明珠聘任了尚是落魄文人的顾贞观为其子纳兰容若授课。方是时，顾贞观四十岁，容若二十有二,二人一见如故，“乃一见即恨识余之晚”，遂成忘年之交。容若读了顾贞观寄吴兆骞的《金缕曲》二首后，深受感动，也回以二首《金缕曲》赠顾贞观。

容若写这两篇给顾贞观起因在答应要“绝塞生还吴季子”，但全篇多为对自我的剖析。“家家争唱《饮水词》，纳兰心事几人知？”纳兰容若出生起便享尽荣华富贵，本人又德才兼备、文武双全，颇得康熙帝的器重，可以说普通人穷尽一生想要争取的一切，他一开始便拥有了。可这样的容若并不快乐，因为没有人理解他。高官厚禄、声名远播并非其所愿，他只想要自由的生活，但这样的心愿对于一位出身世家大族的八旗子弟来说太难了。在满人中话不投机，在汉人中又非我族类，生性明慧的容若备感孤单寂寞，只好以醉生梦死来麻痹自己。故此时与容若倾心相交的顾贞观显得那么的珍贵，“不信道、遂成知己”“知我者，梁汾耳”。容若将顾贞观视为唯一的知己，在朋友面前才流露出真性情，一吐满腹牢骚。

图书在版编目（CIP）数据

小磨诗坊. 友谊 / 王兆鹏丛书主编；张诗瑞本册主编. —— 武汉：崇文书局，2019.1（2021.8重印）
ISBN 978-7-5403-5102-1

Ⅰ. ①小… Ⅱ. ①王… ②张… Ⅲ. ①古典诗歌—诗集—中国 Ⅳ. ①I222

中国版本图书馆CIP数据核字(2018)第161260号

小磨诗坊·友谊

责任编辑 程可嘉
装帧设计 黄 彦 杨 艳
出版发行 长江出版传媒 | 崇 文 书 局
业务电话 027-87293001
印　　刷 湖北画中画印刷有限公司
版　　次 2019年1月第1版
印　　次 2021年8月第2次印刷
开　　本 787×1092 1/32
印　　张 7
定　　价 39.00元

本书如有印装质量问题，可向承印厂调换